10
18

12, AVENUE D'ITALIE. PARIS XIIIe

Sur l'auteur

D'origine modeste, John Fante, fils d'immigrants italiens, né en 1909 à Denver (Colorado), fait très jeune ses premières gammes en écriture. Il montre ses textes à H. L. Mencken qui lui achète dès 1932 sa première nouvelle pour l'*American Mercury*, le prestigieux magazine qu'il dirige. Commence alors entre les deux hommes une amitié épistolaire qui durera plus de vingt ans. En 1933, son premier roman, *La Route de Los Angeles*, est refusé par les éditeurs et il lui faudra attendre cinq ans la publication de *Bandini*. Parallèlement, il fait ses débuts dans les studios de Hollywood où il participe, de 1935 à 1966, à la rédaction de scénarios d'une dizaine de films. Romancier autobiographe, Fante n'a jamais raconté dans ses romans qu'une seule histoire, la sienne. Celle d'un immigré de la deuxième génération, de son père, de sa mère, de ses frères et sœurs et de leurs voisins bavards et catholiques, italiens eux aussi. Il raconte également ses vagabondages à Hollywood, l'argent facile dans lequel on se noie, puis le choix de la pauvreté qui est celui de l'écriture. Tardivement révélé au public avec *Pleins de vie*, John Fante est mort en 1983.

JOHN FANTE

LES COMPAGNONS DE LA GRAPPE

Traduit de l'anglais (États-Unis)
par Brice Matthieussent

Postface de Brice Matthieussent

10/18

CHRISTIAN BOURGOIS ÉDITEUR

Du même auteur
aux Éditions 10/18

Titre original :
Brotherhood of the Grape

ISBN 978-2-264-03452-6

1

Un soir de septembre dernier mon frère m'a téléphoné de San Elmo pour m'annoncer que papa et maman voulaient une fois encore divorcer.

— Tu n'as rien de plus original à me raconter ?

— Cette fois c'est pour de vrai, a dit Mario.

Nicholas et Maria Molise étaient mariés depuis cinquante et un ans ; bien que leur relation ait toujours été désastreuse, fondée qu'elle était sur l'implacable catholicisme de ma mère qui punissait son mari avec une indulgence exaspérante pour l'égoïsme plein de morgue de celui-ci, il semblait parfaitement absurde que ces personnes âgées se quittent maintenant, au soir de leur vie, car ma mère avait soixante-quatorze ans et mon père deux ans de plus.

J'ai demandé à Mario où était le problème.

— Adultère. Elle l'a pris sur le fait.

J'ai ri.

— Ce vieillard ? Commettre l'adultère ?

A vrai dire c'était la première accusation de ce type depuis plusieurs années ; la dernière en date remontait aux avances faites par mon père à une certaine Adèle Horner, employée des postes — « une sale petite sorcière » selon ma mère —, en fait une quinquagénaire qui boitait un peu. Mais tout ça avait fait long feu, et papa n'était plus l'homme qu'il avait été. Lors de son dernier anniversaire, en avril, je l'avais vu se rouler par terre en gémissant et en frappant le tapis avec ses poings tandis qu'il endurait les souffrances dues à sa prostate.

— Allez, Mario, j'ai dit d'une voix dure. Papa n'est plus qu'un vieillard lessivé.

Il m'a répondu que maman avait découvert du rouge à lèvres sur les sous-vêtements de papa et que, lorsqu'elle lui avait montré cette preuve accablante (je l'imaginais en train de brandir le caleçon sous le nez de son mari), il lui avait serré le cou comme pour l'étrangler, puis l'avait collée contre la table de la cuisine afin de lui botter les fesses. Bien qu'il eût été pieds nus, les coups de mon père avaient laissé des ecchymoses violacées sur la hanche de maman, et sa gorge était couverte de marques rouges.

Quand Mario était entré par la porte de derrière, mon père, soudain honteux d'avoir lâchement attaqué sa femme, s'était enfui de la maison. Les diverses contusions de maman scandalisèrent tant Mario qu'il ressortit ventre à terre, bondit dans sa camionnette et fonça jusqu'au poste de police, où il porta plainte contre son père, Nicholas Joseph Molise, l'accusant de coups et blessures.

Le chef Regan de la police de San Elmo essaya de dissuader Mario d'une action aussi draconienne, car mon père et lui picolaient ensemble depuis toujours et les deux hommes faisaient partie de l'*Elks Club*. Mais Mario abattit son poing sur le bureau, soutint mordicus qu'il voulait porter plainte et somma le chef de la police de faire son métier. Accompagné d'un adjoint, le chef Regan partit en voiture pour la maison de Molise sur Pleasant Street.

Au grand dégoût de Mario, mon vieux refusa de se

laisser arrêter et se campa sur la véranda, une pelle à la main, prêt à se défendre. Une foule de voisins se réunit bientôt ; mon père et le chef de la police entrèrent dans la maison, s'installèrent à la table de la cuisine pour boire du vin et discuter la situation pendant que maman pleurait toutes les larmes de son corps dans la chambre à coucher.

Devant la résidence des Molise la foule avait maintenant investi la rue, et il fallut réclamer deux voitures de police supplémentaires pour isoler le pâté de maisons. Brusquement la camaraderie entre papa et le chef de la police s'acheva. Le chef sortit des menottes, les hostilités commencèrent. Des adjoints se ruèrent dans la cuisine dès que Regan appela à l'aide, mon père fut cloué à terre puis entravé. Le souffle rauque, on le traîna dehors jusqu'à une voiture de police.

Le spectacle de son époux dans les fers arracha des cris de désespoir à ma mère. Elle se rua sur les policiers, qu'elle griffa et cribla de coups avec une telle frénésie qu'elle s'évanouit sur le trottoir ; ses voisines, Mme Credenza et Mme Petropolos, durent la porter dans la maison tandis que ses talons rebondissaient sur l'asphalte.

Quant à mon frère Mario, une fois encore submergé par la peur panique qu'il éprouvait d'habitude devant mon père, il ressortit de derrière les poubelles de l'allée et se précipita au chevet de maman, qui gisait sur le divan, afin de la consoler et de lui tenir la main.

Tremblant du désir de pardonner son mari, maman se leva soudain, traversa la pièce d'un pas chancelant avant de tomber à genoux devant la statue de sainte Thérèse pour implorer la Petite Fleur de ne pas punir son époux égaré, de prendre une nouvelle fois en pitié ses transgressions et de plaider la cause de son âme immortelle devant le tribunal du Tout-Puissant.

Elle supplia Mario de retirer sa plainte déposée contre le vieux afin qu'il ne fût pas incarcéré dans la prison de San Elmo.

— Il est âgé, Mario. Il veut pas faire de mal. Simplement, il perd la tête.

Mario refusa d'abord d'envisager de libérer son père, préférant que celui-ci passe quelques heures en taule pour se calmer. Mais les lamentations de ma mère, sa noble indulgence, et ses avertissements réitérés selon lesquels papa volerait dans les plumes de son fils si on ne le libérait pas rapidement, tout cela eut raison de l'obstination de Mario. La mère et le fils montèrent donc dans la camionnette de Mario pour aller libérer le vieux.

— Qu'est-ce que je pouvais faire d'autre ? implorait Mario au téléphone. C'est un vieux bonhomme mesquin et vicieux ; plus longtemps on l'enferme, plus il devient méchant. Un vrai chien fou.

A leur grande stupéfaction, et à l'immense déplaisir du chef Regan, Nick Molise ne voulut pas entendre parler de libération et encore moins de retrait de la plainte. Maudissant Mario et maman, ricanant au nez de ses geôliers, il acceptait librement la captivité, jurait de plaider sa cause devant tous les tribunaux du pays, quitte à aller jusqu'à la Cour suprême, afin de prouver que la justice existait encore en Amérique.

— Après ça il m'a craché au visage, a dit Mario. Il a déclaré que j'étais Judas qui tuait le Christ. Que je n'étais plus son fils. Et par-dessus le marché il m'a flanqué un grand coup de pied dans le ventre.

Le chef Regan essaya alors de calmer le jeu ; il déchira l'ordre d'arrestation, puis ordonna à papa, maman et Mario de quitter le poste de police. Nick

Molise refusa d'obtempérer, ses gros poings restèrent serrés autour des barreaux de sa cellule. Il fallut trois policiers pour le maîtriser et l'obliger à lâcher prise, après quoi on le poussa dans le couloir et on le jeta à la rue.

Une bagarre éclata entre le vieux et Mario tandis qu'ils dégringolaient les marches du poste de police et traversaient le trottoir jusqu'au caniveau. Les policiers les séparèrent et les auraient volontiers coffrés pour trouble de l'ordre public, mais le chef, qui ne voulait plus rien avoir à faire avec cette famille, ordonna à ses subalternes de revenir dans le poste et d'en verrouiller la porte. Alors mon frère Mario, un homme paisible âgé de quarante ans, un brave type légèrement vantard mais qui détestait se battre, s'est pris une correction maison, car Mario aurait préféré frapper notre Seigneur en personne plutôt que son propre père.

Quand cet horrible imbroglio s'acheva, Mario, vautré dans le caniveau, plaquait un mouchoir sanglant contre son nez tandis que maman hurlait devant une assemblée de citoyens de San Elmo qui observaient la scène sans mot dire, en prenant grand soin de ne pas s'en mêler.

En fait, ce n'était pas la première fois que le chef de la famille Molise se ridiculisait en public. Quelques mois plus tôt seulement, il avait provoqué un jeune barman de l'*Onyx Club,* lequel lui avait flanqué un coup de poing définitif avant de le jeter à la rue ; Nick Molise avait riposté en enfonçant un banc dans la fenêtre du saloon. L'incident m'avait coûté cent dollars, somme que j'avais réglée par chèque, et grâce à Regan cette affaire n'était pas allée devant les tribunaux.

A vrai dire, Nick Molise avait participé à tant de bagarres dans la rue, dans les saloons ou les salles de billard, que l'honorabilité de notre famille était sérieusement compromise en ville. Malgré tout, ses citoyens faisaient preuve de tolérance et de bonne volonté, car tout le monde aimait le vieux et appréciait son comportement explosif. Torve, tapageur, usant et abusant de leur patience, ivre le plus souvent, il avait les coudées franches à San Elmo ; le soir les habitants du quartier l'entendaient rentrer chez lui en titubant dans les rues désertes, il beuglait des versions avinées de *O Sole Mio,* les gens souriaient au fond de leur lit, ils disaient « Tiens, voilà le vieux Nick », car il faisait partie de leur existence.

Tout le monde réagissait ainsi, sauf ses fils Mario et Virgil. Directeur du département des emprunts à la First National Bank, mon frère Virgil croyait dur comme fer que les excentricités de papa avaient gâché sa carrière dans la banque. Et Mario reprochait à son père de l'avoir empêché non seulement d'entrer à l'université, mais aussi de devenir poseur de briques et tailleur de pierres. Quant à ma sœur Stella, elle ne manquait pas une occasion de vitupérer le vieux — ses beuveries, sa passion pour le jeu, ses frasques, les traitements cruels qu'il infligeait à notre mère. Elle avait un talent hors du commun pour l'intimider. Au moindre regard de ses yeux noirs, il courbait l'échine comme un chien apeuré. Elle l'aimait, mais le méprisait aussi, car elle tenait à se rappeler tout ce que maman oubliait trop facilement.

Mais revenons au coup de téléphone de mon frère.

Après qu'il eut dérouillé Mario, mon père se campa sur les marches du poste de police et harangua violemment la foule. Il dénonça l'ignominie de son propre fils qui l'avait fait arrêter, il traita les policiers de criminels car ils avaient incarcéré un citoyen respectueux des lois, et il fustigea maman comme une vieille écervelée acharnée à persécuter un homme honorable seulement désireux de vivre en paix.

Le dégoût étouffait Mario quand il m'a décrit les hurlements et les protestations de maman qui abordait les spectateurs avec force gestes, s'agrippait à leurs manches tandis qu'ils s'écartaient et qu'elle ressassait inlassablement la découverte du rouge à lèvres sur les sous-vêtements de son mari. « Vous trouvez ça digne d'un homme marié ? pérorait-elle. Qui est-ce qui lave son linge, nettoie sa maison, prépare ses repas ? C'est comme ça qu'il me remercie — avec le rouge à lèvres d'une traînée ? »

La foule horrifiée se dispersa rapidement. Même papa s'enfuit loin de toute cette vulgarité, il descendit Oak Street, traversa la voie du Southern Pacific jusqu'au *Café Roma,* un repaire de vieux Italiens.

Couvert de sang, affreusement gêné, Mario aida maman à remonter dans la camionnette. Nouveau coup du sort : la batterie était à plat, le moteur refusa de démarrer. Comme des réfugiés, la mère et le fils traversèrent donc la ville en clopinant jusqu'à la maison en bois de Pleasant Street. Un peu plus tard Mario alla chercher une batterie à la station Shell et retourna à la camionnette. Les flics lui avaient collé une contredanse. Puis il rentra à Pleasant Street.

Dès qu'elle fut chez elle, maman entreprit de bourrer une valise, fermement décidée à prendre le car de Denver, où elle comptait s'installer chez sa sœur Carmelina. Elle savait qu'elle y serait la bienvenue, car notre vieille tante Carmelina détestait mon père et avait consacré le plus clair de sa vie à tenter de saboter le mariage de celui-ci.

Au beau milieu des préparatifs de ma mère, ma sœur Stella et mon frère Virgil firent irruption dans la maison, car plusieurs personnes les avaient informés des violences verbales et physiques qui venaient d'avoir lieu devant le poste de police. Ma mère, jamais en reste sur le chapitre des improvisations dramatiques en présence de ses enfants, s'évanouit promptement sur le carrelage de la cuisine, renonçant ainsi au projet bancal et hâtif de la traversée des Sierras en car jusqu'à Denver, un voyage qu'elle aurait trouvé extrêmement désagréable, car elle souffrait de douleurs dorsales et d'énurésie chronique.

Un peu d'ail écrasé sous ses narines lui fit reprendre conscience, et avec le courage d'une sainte Bernadette elle se mit à vaciller dans la cuisine pour poser du vin et des tartes génoises sur la table, où une discussion de ses problèmes avec papa s'ensuivit.

Ce genre de dialogue, je m'en souvenais parfaitement, avait souvent eu lieu par le passé, sans jamais aboutir à la moindre solution. On exhumait de vieilles querelles pour se les jeter à la figure, tout le monde hurlait à pleins poumons, et toute cette salade sentimentale laissait seulement de l'amertume et de la tristesse. Tel le mystère de l'Immaculée Conception, le problème de mon père était tout bonnement insoluble, son absurdité défiait toute logique.

Mon frère Virgil était particulièrement remonté. Son employeur, J. K. Eicheldorn, le président de la banque, avait assisté au spectacle devant le poste de police, et ce très distingué citoyen de San Elmo était tout sauf content. J. K. avait convoqué Virgil dans son bureau, déclaré de but en blanc que M. et Mme Molise ternissaient la réputation de la banque et que, s'ils poursuivaient leurs excentricités, la position de Virgil s'en trouverait compromise.

Virgil abattit son poing sur la table de la cuisine, puis, les larmes aux yeux, accusa papa et maman de perdre la tête, d'être socialement irresponsables, bref des vieux gâteux qu'on devrait mettre à l'hospice.

L'injure décupla les lamentations de ma mère qui se tordit les mains et implora notre Seigneur de venir la prendre. Alors le sang de Mario ne fit qu'un tour ; il défendit sa mère avec fougue, injuria Virgil qu'il traita de bouffi et de pleutre, puis accusa de trahir ses propres parents pour protéger sa position sociale.

Doté d'une langue vipérine, Virgil eut tôt fait de remettre Mario à sa place en le qualifiant de « plus vile forme d'humanité que l'homme ait jamais connue — un serre-freins travaillant dans les chemins de fer. » C'en fut trop. Mario frappa Virgil à la bouche, Virgil riposta d'un coup de poing sur le nez. Puis ils s'empoignèrent et vacillèrent dans toute la cuisine, renversant chaises et batterie de cuisine. Maman hurla, Stella fonça chez elle de l'autre côté de l'allée pour aller chercher son mari, John DiMasio, le poseur de briques. Quand elle revint avec John, la bagarre était terminée. Virgil était parti ; penché au-dessus de l'évier, Mario tamponnait son nez qui saignait pour la seconde fois de cette journée riche en événements divers.

Le calme régnait à nouveau, mais maman remit aussitôt de l'huile sur le feu.

— Que vais-je répondre à cette sale traînée ? demanda-t-elle.

C'était sans doute la pire façon d'aborder un sujet dont nous ne voulions plus parler, et cette question a tellement choqué DiMasio qu'il est retourné chez lui. Dans l'allée il a appelé Stella et lui a dit de rappliquer vite fait.

Stella a fait la sourde oreille.

— Maman, elle a dit, tu n'as aucune preuve de l'infidélité de papa. Ce n'est qu'un vague indice.

Scandalisée, maman a lancé les bras au plafond.

— Un vague indice ? Oh ! sainte mère de Dieu, protégez-moi de mes propres enfants !

Elle a chancelé jusqu'à la chambre, est revenue avec le caleçon fatal, elle a écarté les assiettes et les verres pour étendre ledit caleçon au milieu de la nappe à carreaux comme on sert un plat de résistance. Des taches rougeâtres maculaient indéniablement l'entre-jambes.

— Pas de doute, c'était du rouge à lèvres, m'a dit Mario au téléphone. Le baiser d'une traînée quelconque.

Ma sœur Stella, mariée à son poseur de briques courtois et têtu, déclara que ces taches venaient d'un désinfectant buccal coloré en rouge qu'elle avait aperçu dans la salle de bains.

— C'est seulement ça — un désinfectant pour la bouche.

On aurait dit que maman venait de recevoir un coup de massue. Sa tête s'effondra sur la table, qu'elle percuta avec un bruit sourd.

— Je suis si fatiguée, gémit-elle. Oh ! doux Seigneur, délivrez-moi de cette croix. Je ne supporte plus cette épreuve. Voilà cinquante et un ans que je me décarcasse ; aujourd'hui la coupe est pleine. Je ne supporte plus ça. Je désire la paix dans mon grand âge. Je veux divorcer.

Electrisée par ses propres paroles, elle bondit sur ses pieds. « Le divorce ! Le divorce ! » Elle traversa la maison en courant jusqu'à la porte de devant, descendit les marches de la véranda, puis sortit dans la rue en hurlant à pleins poumons et en s'arrachant les cheveux :

— Divorcer, divorcer ! Je veux divorcer !

Des portes s'ouvrirent des deux côtés de la rue, des femmes sortirent sur les vérandas, des jeunes épouses et des vieilles, qui regardèrent la scène en silence et avec sympathie, car depuis trop d'années elles partageaient tous les problèmes de la famille Molise.

Devant la maison voisine Mme Romano agitait le doigt d'un air approbateur :

— T'as raison, Maria. Débarrasse-toi de ce vieux salopard !

Mario et Virgil se précipitèrent hors de la maison, saisirent maman, et lui firent remonter de force les marches de la véranda, puis franchir la porte.

Sous le coup d'une inspiration subite, maman s'empara du téléphone pour appeler Harry Anderson, l'avocat de la famille.

— Prépare les papiers, Harry. Cette fois je ne plaisante pas. Je divorce de cet animal.

Comme d'habitude Anderson essaya de l'en dissuader, Stella lui arracha le téléphone des mains, mais maman réussit à le récupérer.

— Je suis prête à signer n'importe quoi, Harry. Prépare les papiers en vitesse. Je veux la maison. Il n'y remettra plus jamais les pieds. Qu'il aille dormir dans la cabane à outils. Dis-lui de passer prendre ses affaires. Je vais jeter tout son barda dans l'allée, et qu'il aille se faire voir avec ses caleçons crasseux. La bétonnière est dans la cour ; si elle est encore là demain, j'en fais cadeau à l'Armée du Salut !

Anderson lui donna rendez-vous à son bureau pour le lendemain.

— Voilà où on en est, a conclu Mario d'une voix tremblante et désolée. J'arrive pas à y croire, Henry ! C'est la fin de notre famille. Ils ne vivront pas un mois l'un sans l'autre.

— Ils vont en rester là, je lui ai dit.

— Faut que tu les sauves, Henry. Tu es le seul à pouvoir le faire.

Je savais bien pourquoi ils redoutaient tous ce divorce ridicule et le chaos qui en résulterait pour eux dans leur bourgade. Ils n'étaient plus jeunes, leurs espoirs avaient fait long feu, ils avaient déjà à charge une ribambelle d'enfants qui s'entassaient dans les trois chambres d'une maison en stuc dotée d'une petite cour, d'un citronnier dans un coin, de quelques plants de tomate près de la clôture du fond, et de filles adolescentes qui auraient tellement aimé avoir une chambre indépendante. S'ils divorçaient, où donc iraient ma mère et mon père ? Qui donc avait une chambre à leur offrir ?

Bien sûr, maman envisageait vaguement de partager l'appartement de sa sœur à Denver, mais leur cohabitation ne durerait pas quarante-huit heures, car cette cinglée de Carmelina (elle portait toujours les mêmes châle et robe noirs) était une maniaque doublée d'une arthritique confinée à sa chaise roulante, elle avait besoin de soins constants et était un tyran domestique bien pire que Nick Molise. Après deux nuits passées dans l'appartement calfeutré de Carmelina, maman reviendrait à San Elmo pour vivre seule dans la vétuste maison à bardeaux de Pleasant Street, sans se soucier des fuites de gaz du fourneau de la cuisine, encline à s'endormir près du calorifère réglé au maximum. Mon paternel était peut-être un piètre mari, mais au moins il avait assez de jugeote pour baisser le calorifère et ouvrir la fenêtre afin de ne pas mourir dans la nuit.

Et lui ? Où s'installerait-il après le divorce ?

— Tu es l'aîné, a dit Mario. A toi de te débrouiller.

— Ce n'est pas possible, je lui ai répondu d'une voix lasse. Un mari et une femme qui vivent ensemble depuis cinquante et un ans sont aussi inséparables que des siamois. Si on les sépare, ils meurent, et ils le savent.

— Je te l'ai dit : elle voit l'avocat demain.

— Ça ne se fera pas. Elle ira voir l'avocat, mais juste pour la frime. Ce sera sans conséquence.

— Ecoute, Henry. Tu habites une belle maison à Redondo Beach, tu as plein de chambres, tes gosses sont grands, ils volent de leurs propres ailes, alors moi et Stella on se demandait si tu pourrais pas nous aider jusqu'à ce que la crise soit terminée, nous soulager du vieux pendant quelques jours.

— Je vais prendre les deux.

— C'est pas possible. Ils veulent divorcer. Ils vont se crêper le chignon du matin au soir. Tu supporteras pas ça.

— Je vais les prendre quand même à la maison, mariés ou divorcés.

— Parles-en avec Harriet.

— De quoi veux-tu que je lui parle ? Je suis le maître chez moi.

— Juste le vieux Nick. Donne-moi ta parole.

— Mario, tu m'appelles en PCV. Ça fait une heure qu'on discute, ça va me coûter la peau des fesses

Sa colère a envahi le téléphone.

— On traverse une crise terrible, et toi tu penses qu'à ta note de téléphone ! L'argent est-il si important ? Tu n'as donc aucun amour pour la femme qui t'a mis au monde, ou pour l'homme qui t'a élevé à la sueur de son front, qui t'a payé des chaussures et des vêtements, donné du pain à manger, envoyé à l'école ? Tu crois que tu serais écrivain aujourd'hui sans ces deux personnes merveilleuses ? T'as toujours été le chouchou. Pense un peu à moi, à Virgil, à Stella. Tu crois que ça nous plaisait de voir que t'étais le préféré ? Tu crois que ça m'amusait de porter tes chemises et tes vieilles chaussettes ? Je sais que j'aurais aussi porté tes pantalons, sauf que, putain, t'es tellement court sur pattes qu'ils m'auraient à peine couvert les genoux. Tu crois que j'ai oublié qui a eu le vélo ? Ç'a pas été moi ni Virgil. Nous, on devait dormir ensemble, moi et ce péteux de Virgil. Mais pas toi ! Toi tu te prélassais dans ta petite chambre privée sur la véranda de derrière, avec tes bouquins, ta machine à écrire et ton éclairage spécial. Crois surtout pas que j' vais oublier ça, Henry ! D'ailleurs, j'oublie jamais rien ! Je sais bien comment tu vis, faux jeton. Tu passes tes journées sur la plage, à péter plus haut que ton cul et à rouler des mécaniques, tout ça parce que t'es écrivain et que t'écris des saloperies de mensonges sur ta famille pendant que j' trime comme un immigré au dépôt des chemins de fer, huit, dix heures par jour — et pourquoi ? Ça me rapporte que des emmerdes et des dettes, alors que toi tu te la coules douce ; pénard, t'écoutes les vagues, et quand je t'appelle pour t'annoncer que ta mère et ton père veulent divorcer, ta seule réaction c'est de pinailler sur la facture du téléphone. Okay, p'tit con. Va te faire foutre !

Il a raccroché brutalement.

J'ai trouvé Harriet allongée sous une couverture sur la petite véranda en surplomb de la plage. Des lambeaux de brume serpentaient sur le rivage comme un troupeau d'ours polaires égarés. La nuit était froide et sans lune ; même les étoiles étaient absentes. Je me suis glissé sous la couverture à côté d'elle, puis je lui ai raconté ma conversation avec mon frère.

— Bravo pour ta mère, a dit Harriet. Elle aurait dû plaquer ce vieux grigou il y a cinquante ans.

— C'est une fervente catholique. Il n'y aura pas de divorce.

— J'espère bien que si. Tu te rends compte, s'éloigner enfin de ce vieux satyre.

— Harriet, elle a soixante-quatorze ans...

— Je suis sûre qu'elle s'en tirera parfaitement. Il y a Stella et tes frères, et puis tu vas l'aider. C'est ton devoir.

— Et Nick alors ?

— Bah, ça ne changera rien pour lui. Il a toujours vécu en célibataire.

Je suis resté silencieux pour réfléchir à la meilleure façon de présenter la chose, mais comme je n'ai rien trouvé j'ai seulement dit :

— Je crois que je vais le faire venir ici pour un moment.

Son corps s'est raidi sous la couverture. Elle s'est tournée vers moi en me lançant un regard stupéfait ; son visage était blême. Quand je l'ai regardée dans les yeux, j'ai eu l'impression de pénétrer dans un paysage arctique, silencieux, gelé. Elle retenait son souffle.

— J'ai un peu froid, elle a dit. Je vais me préparer une boisson chaude.

Elle a dû en descendre un certain nombre, car une heure plus tard quand je me suis installé devant ma machine à écrire, elle s'est matérialisée sur le seuil de la pièce comme un fantôme vêtu d'un peignoir blanc, un vague sourire aux lèvres, une cigarette dans une main, son verre dans l'autre.

— J'ai changé d'avis, elle a dit en soutenant mon regard. Ce divorce entre ta mère et ton père ne rime à rien.

— Bien sûr que non.

— Tu ferais mieux d'aller faire un tour à San Elmo, Henry. Pour leur parler.

— Tu as déjà essayé de parler à mon père ?

— A ta mère, je veux dire. Après tout, l'idée vient d'elle.

— Tu as changé d'avis parce que tu ne veux pas de mon père ici ?

— Tu as sacrément raison. Tu devrais y aller avant qu'ils ne fassent une bêtise. Ils sont tous les deux un peu bizarres, tu le sais bien.

De fait, nous formions un clan impulsif, imprévisible, imbattable pour les décisions prises à chaud et les remords lancinants. Même si ma mère renonçait au divorce, mon père risquait de se venger en quittant son foyer pour débarquer à Redondo Beach comme un cheveu sur la soupe. Le visage sombre, Harriet traversa la pièce jusqu'au téléphone, puis la rallonge se déroula quand elle me l'apporta sur mon bureau.

— Appelle ton frère. Dis-lui que tu arrives.

J'ai composé le numéro à San Elmo. Mario a répondu si vite qu'il devait avoir la main posée sur le récepteur, comme s'il attendait mon appel.

— Bon Dieu, quesse tu veux encore ? il a fait d'une voix méchante.

Je lui ai dit que j'allais prendre l'avion demain matin.

— Qu'est-ce que c'est que cette magouille ?

— C'est pas une magouille. Il me semble que je dois venir, c'est tout. Je vais prendre l'avion de onze heures. Retrouve-moi à Sacramento à midi.

— Pourquoi tu as changé d'avis, Henry ?

— J'ai mes raisons.

— Harriet ? il a fait en rigolant. Ça y est, j'ai compris.

— Midi. A l'aéroport de Sacramento.

— J'y serai.

J'ai raccroché, puis regardé Harriet. Elle s'est approchée de moi en souriant. Elle s'est glissée derrière moi en enlaçant ma taille. « Merci, elle a dit ; ses mains ont descendu sous mon nombril pour se faufiler dans mon pantalon. Elle m'a caressé en enfonçant le bout de sa langue dans mon oreille, elle me serrait doucement et me flattait de dix doigts évocateurs qui improvisaient une fugue fugitive sur ma flûte, et quand elle a murmuré « J'en ai envie », je me suis hâté de la suivre dans la chambre en me débattant contre mon jean, redoutant que cette musique ne s'interrompît soudain comme ç'avait si souvent été le cas au cours de ces derniers mois.

Tels deux serpents nous nous lovions l'un autour de l'autre, des gémissements ponctuaient son souffle.

— Fais quelque chose pour moi ! elle m'a supplié.

Songeant qu'elle avait peut-être envie de me sucer, j'ai répondu :

— Oui, tout ce que tu voudras, ma chérie. Tout !

— Quand tu seras à San Elmo, promets-moi de rendre visite à ma mère. Elle a changé, Henry. Elle t'aime bien maintenant.

Ça a suffi. La flûte s'est ramollie, la musique s'est tue, je fulminais.

— Non, j'ai dit en m'écartant pour me lever.

— Qu'est-ce qui t'arrive ?

J'avais honte de lui dire que la vieille amertume n'était pas morte en moi. Comment un homme mûr, un individu soi-disant compatissant, nu comme un ver, pouvait-il annoncer à sa femme : « Je déteste ta mère. » Habillé, j'aurais sans doute pu le dire ; mais je suis sorti dans le couloir jusqu'au placard à linge, j'en ai tiré une couverture et j'ai passé la nuit sur le divan.

Le lendemain matin nous nous sommes croisés dans le couloir.

— Bonjour, j'ai dit.

— Je ne vois pas ce que cette journée aurait de bon.

Je suis allé me raser dans la salle de bains. Le visage que j'ai découvert dans la glace était celui d'un fou échappé de l'asile. Les journées n'apportaient plus la paix mais la laideur — les vaisseaux éclatés de mes yeux, un début de bajoues. J'ai regardé les draps froissés où nous avions failli consommer notre amour corrompu, les oreillers écrasés, l'empreinte de nos corps. Je me suis rappelé avoir vu exactement le même spectacle dans la chambre de mes parents quand j'avais sept ans, et que j'avais détesté mon père à cause de ça, à cause de l'odeur rance de son cigare, à cause de son pantalon de travail qui gisait, grotesque, par terre, et je me suis rappelé mon désir de le tuer.

2

Nous avons choisi de rester silencieux pendant que je conduisais jusqu'à l'aéroport — vingt minutes dans la puanteur de l'oxyde de carbone sur la route de la côte, Harriet qui boudait furieusement dans son coin, en fumant cigarette sur cigarette. Sa façon de fumer m'amusait toujours, car elle n'aspirait pas la fumée, elle se contentait de la garder dans la bouche avant de l'expulser par les narines, mais si vite que la cigarette s'enflammait presque.

D'une voix calme, anodine, elle a dit :

— Je peux te raconter quelque chose sur ton père ?

— Quoi donc ?

— Quelque chose que je ne t'ai jamais dit

— C'est quoi ?

— Promets-moi de ne pas le répéter.

— Oh merde ! Harriet...

— Il m'a draguée.

Cette révélation ne m'a fait ni chaud ni froid — autant déclarer que mon père buvait beaucoup de vin. J'ai continué de regarder droit devant moi en attendant qu'elle précise la date et les circonstances.

— Tu as entendu ce que je viens de te dire ? elle

m'a demandé. Je t'ai dit que Nick Molise, ton père, m'avait draguée.

— J'ai entendu.

— Espèce de sale con. C'est tout ce que ça te fait ?

— C'est arrivé quand ?

— Le jour de notre mariage. Sur la véranda de la maison de ta mère.

Ça m'a étonné. La rage crispait son visage. Elle remâchait sans doute ça depuis des années.

— Il y a vingt-six ans, tu veux dire ? j'ai fait.

— Est-ce que la date a une importance quelconque ? Ça s'est passé, voilà tout. J'étais ta femme depuis une heure ou deux — la femme de son fils, en robe de mariée, sans doute le jour le plus sacré de ma vie, et ce sale petit dégueulasse me drague. Ça ne te fait donc rien ?

— Excuse-moi, Harriet. On dirait que j'ai du mal à me mettre en rogne à cause de ça. Pourquoi ne m'en as-tu pas parlé sur le moment ?

— Pour gâcher cette belle journée ?

— Peut-être qu'il ne te draguait pas. Il voulait peut-être manifester son affection. Je me rappelle qu'il avait bu beaucoup de champagne. Tu es vraiment sûre ? Comment s'y est-il pris pour te draguer ?

— Il m'a pincé le derrière. (Harriet tout craché : elle disait souvent « merde » ou « bordel », mais quand il s'agissait de « cul » elle parlait invariablement de « fesses » ou de « derrière ».)

J'ai éclaté de rire.

— C'est pas de la drague, ça, c'est un compliment. Tous les Italiens font ça. Je t'ai pincé le cul cent fois. C'est marrant.

— Je ne veux pas de lui chez moi, elle a grondé en bombant le torse. C'est un vieux dégueulasse, je peux pas saquer ses yeux noirs de Rital. Je refuse de l'abriter sous mon toit. Point final.

Près de l'aéroport les voitures roulaient maintenant pare-chocs contre pare-chocs. Boudeuse et dangereuse, Harriet lâcha encore un nuage de fumée de cigarette, les yeux plissés comme ceux d'une chatte.

— Rends-moi un service quand tu seras là-bas.

— Avec plaisir.

— Va voir ma mère.

— Jamais de la vie.

Je me suis garé devant *Western Airlines* et suis descendu de voiture. Harriet s'est glissée au volant. Quand je l'ai embrassée, sa joue évoquait une pierre froide.

— Veux-tu aller voir ma mère, s'il te plaît ?

— Non.

Son pied a enfoncé l'accélérateur, et j'ai bien failli être décapité quand la voiture a bondi.

3

Ç'a été un vol confortable, méditatif et serein au-dessus de la vallée de San Joaquin, le long du fleuve ; nous avons survolé à basse altitude cultures, fermes et villes familières — Bakersfield, Fresno, Turlock, Stockton —, l'occasion idéale pour savourer de la bonne bière en se laissant dériver vers le passé, pour se préparer à l'émotion du retour au foyer. Je pensais à mon père, car c'était désormais un vieillard ; ses jours étaient comptés, mais moins il lui restait de temps à vivre, plus il se révoltait, alors que ma mère, malgré sa mauvaise vue, ses rhumatismes aux doigts et ses douleurs au dos, semblait devoir encore passer maintes années avec nous.

Sans famille à charge, mon père aurait été plus heureux. S'il n'avait pas eu quatre enfants, il aurait divorcé depuis belle lurette pour partir dans d'autres villes. Il aimait Stockton, ville pleine d'Italiens, Marysville, où l'on pouvait jouer à la loterie chinoise de jour comme de nuit. Ses enfants étaient les clous qui le crucifiaient à ma mère. Sans eux, il aurait été libre comme l'air.

Il ne nous appréciait pas particulièrement, et de toute évidence il ne nous aimait pas. Nous n'étions que des gamins ordinaires, anonymes, sans trait distinctif, et il désirait davantage de la vie. Nous représentions des tâches à accomplir, pas une riche moisson, certes pas des asperges, des figues ni des dattes, mais un produit plus humble, des pommes de terre, du maïs ou des haricots, et il avait dû s'occuper de nous en maudissant la terre et en donnant des coups de pied dans les mottes jusqu'à ce que la récolte fût arrivée à maturité.

C'était un montagnard des Abruzzes, un dur à cuire bagarreur, court sur pattes lui aussi, un mètre soixante-cinq, large comme une porte, né dans une région d'Italie où la pauvreté était aussi spectaculaire que les glaciers, où tout enfant qui franchissait le cap des cinq premières années vivait jusqu'à l'âge de quatre-vingt-cinq ans. Bien sûr, peu d'enfants atteignaient cinq ans. Mon père et ma tante Pépina, qui à quatre-vingts ans habitait Denver, étaient les deux seuls survivants de treize enfants. Mon père devait sa résistance à son mode de vie. Du pain et des oignons, se vantait-il volontiers, du pain et des oignons — un homme n'a besoin de rien d'autre. Voilà pourquoi j'ai toute ma vie détesté le pain et les oignons. Il était bien plus que le chef de la famille. Il était juge, jury et bourreau, Jéhovah incarné.

Personne ne l'agaçait impunément. Il détestait presque tout, surtout son épouse, ses enfants, ses voisins, son église, son prêtre, sa ville, son Etat, son pays et celui d'où il avait émigré. Il se contrefichait aussi du monde, du soleil et des étoiles, du paradis et de l'enfer. Mais il aimait les femmes.

Il aimait aussi son travail et une demi-douzaine de paisani qui, comme lui, étaient italiens et avaient une trempe de dictateur. C'était un artisan parfait dont l'imagination et l'intelligence semblaient centrées sur ses mains merveilleusement fortes ; et bien qu'il se qualifiât lui-même d'entrepreneur, je l'ai vite considéré comme un sculpteur, car il savait tailler l'homme ou la bête dans la pierre. C'était un poseur de briques hors pair, rapide et précis, ainsi qu'un excellent charpentier, plâtrier et spécialiste du ciment.

Il avait un immense mépris pour lui-même ; pourtant, il était fier, voire vaniteux. Nick Molise croyait que toutes les briques qu'il posait, toutes les pierres qu'il taillait, tous les trottoirs, les murs et les cheminées qu'il construisait, et jusqu'aux pierres tombales qu'il façonnait, appartenaient à la postérité. Il avait un appétit féroce pour le travail, et louchait tristement vers le soleil qui, selon lui, se déplaçait trop vite dans le ciel. Achever une tâche lui causait une profonde tristesse. Son amour pour la pierre lui procurait des joies plus intenses que sa passion du jeu, le vin ou les femmes. D'habitude il continuait de travailler après les horaires normaux, voire après la tombée de la nuit, et il avait mauvaise réputation auprès des hottiers et des aides, qui se plaignaient de travailler beaucoup trop sous ses ordres. Il était toujours en mauvais termes avec le syndicat des poseurs de briques.

San Elmo était son Louvre, la galerie où il offrait ses œuvres aux regards du monde entier. Il était furieux de constater que sa ville ne reconnaissait pas ses talents. Si le conseil municipal l'avait récompensé d'une médaille ou d'un parchemin quelconque, sa vie en aurait été changée. Chaque année la Chambre de Commerce distribuait ses louanges à quelques distingués citoyens ; à Cramer, le concessionnaire Ford, on octroyait un rouleau de parchemin qui le consacrait Homme de l'Année, et l'on en donnait un autre à G. K. Laurel, le pharmacien — comment faisaient-ils pour ne pas remarquer les prouesses réalisées par Nick Molise pour leur putain de ville ?

Mon père, qui gagnait régulièrement de l'argent, avait un problème — il ne rapportait jamais un sou à la maison. Les tables de poker de l'*Elks Club* lui avaient raflé des milliers de dollars au fil des ans. Je me rappelle l'avoir vu compter sept cent quatre-vingts dollars pour l'achèvement d'une maison en pierre, des piles de billets de dix et de vingt sur la table de la cuisine, tandis qu'il humectait un crayon avec sa langue et notait des chiffres sur un morceau de papier. Quand ma mère lui demandait de l'argent pour faire les courses, il lui tendait cinq dollars qu'elle glissait aussitôt dans son tablier pendant qu'il grimaçait de douleur. Sa réputation chez les commerçants n'était plus à faire, car il ne réglait ses ardoises que contraint et forcé. Il ne croyait pas au système bancaire. Il aimait le contact sensuel d'un gros rouleau de billets dans sa poche. Il brandissait ses liasses, et les prédateurs des saloons sirotaient leurs pintes en attendant qu'il s'assoie aux tables de jeu. L'*Elks Club,* l'*Onyx,* le *Café Roma, Kelly's* — tous les bouges d'Atlantic Street, près des voies de chemins de fer. Nick passait de l'un à l'autre en essayant de semer sa poisse — poket à l'*Elks,* blackjack chez *Kelly's,* pinocle au *Café Roma,* et enfin, quand il ne lui restait plus qu'un dollar en poche, une partie de pennies dans l'entrée de l'*Elmo Hotel.* Tenace, infatigable, croyant toujours à sa chance, il s'incrustait jusqu'à ce que ses poches soient vides. Puis il rentrait à la maison d'un pas chancelant, épuisé, anéanti par le vin, et s'écroulait sur le lit, où ma mère le déshabillait et lui faisait les poches, trouvant seulement des clous, des allumettes, un bout de crayon, mais jamais la moindre pièce de dix cents.

Le lendemain matin il était sur le chantier avant l'arrivée des autres ouvriers ; la sueur trempait sa chemise comme il tamisait le sable ou préparait le mortier, hissait une hotte de briques sur l'échafaudage, aussi dangereux qu'un chien enragé, écœuré de son propre remords. Pourquoi cette passion forcenée pour le jeu ? Virgil l'attribuait à la pauvreté de son enfance. Mais c'était là une explication trop facile. Je l'associais plutôt à la fureur qu'il nourrissait envers le monde, à son désir de triompher sur l'establishment, à sa conviction d'immigrant d'être un exclu.

Mais il n'a jamais eu la chance de se refaire, car c'était un piètre joueur qui optait toujours pour les choix les plus suicidaires ; il jouait une paire de deux comme une main gagnante, il ne s'avouait jamais vaincu, il ne cessait de monter la mise en dépit du bon sens, jusqu'à ce que son dernier sou atterrisse dans la poche de ses partenaires. Bien sûr il avait parfois de la chance, il lui arrivait de rafler jusqu'au moindre cent des autres joueurs, de faire sauter la banque. Ravi, exultant, il commandait alors une tournée générale et filait dans Atlantic Street vers un autre tripot, car il ne savait pas s'arrêter. Il continuait ainsi jusqu'à sa propre destruction, tel un homme déterminé à se sacrifier à sa passion dévorante. Combien de soirs maman, qui le savait en possession d'une grosse somme d'argent après la fin d'un chantier, ne nous a-t-elle pas envoyés à sa recherche dans l'un des saloons ? Nous ne le trouvions jamais, car il laissait de strictes consignes au tenancier : sous aucun prétexte ses enfants ne devaient pénétrer dans l'arrière-salle où les joueurs se réunissaient.

Parfois le soir après dîner, mon père piégeait l'un de ses fils quand nous étions assis sur la véranda ; il arrivait tout à trac, s'arrêtait pour allumer un long toscanelli noir, puis commandait :

— Okay, petit. Debout. On y va.

— Où ça ?

— Suis-moi.

Il descendait la rue à grands pas et je courais presque pour rester à sa hauteur. J'allais avoir droit à la Tournée Générale des œuvres de Nick Molise. Personne n'y coupait, sauf maman et ma sœur. Apparemment il la considérait comme superflue pour les femmes.

A cette époque San Elmo était une ville de douze mille âmes, scindée en deux par la voie de chemins de fer : d'un côté le quartier des affaires et les aristocrates, de l'autre les ateliers des chemins de fer, la rotonde et les paysans. La première étape de mon père se situait de l'autre côté de la ville, dans le quartier des riches où se dressait la bibliothèque publique, un bâtiment blanc en brique, de pur style Nouvelle-Angleterre, doté de quatre colonnes de pierre qui dominaient une volée de marches rouges. Il s'arrêtait de l'autre côté de la rue, mains sur les hanches, les traits adoucis par l'admiration comme il contemplait le bâtiment.

— Et voilà le travail, petit. C'est pas beau, ça ? Tu sais qui l'a construit ?

— Toi, papa.

— C'est quand même pas mal. Pas mal du tout.

— Une vraie beauté, papa.

— Ça durera mille ans.

— Au moins.

— Regarde-moi cette pierre, ces marches. Tout ça coule comme de l'eau.

— Formidable.

— Un sacré bon boulot.

Puis il laissait tomber une main sur mon épaule.

— Viens, petit. J'ai autre chose à te montrer.

Nous descendions deux blocs sur Maywood jusqu'à l'église méthodiste avec son clocher de pierre, la tour échancrée qui contenait la cloche, les murs en pierre couverts de lierre. Cinq minutes d'admiration rituelle et silencieuse, à lever les yeux vers le clocher, la joie de mon père imprégnait l'air d'une pulsation magique, son regard dansait devant la tâche accomplie, la satisfaction s'étalait sur son visage.

— C'est moi qui ai fait ça, il disait. Ouais, personne d'autre que moi.

— Et comment, papa.

Nous repartions alors au pas de course, moi sur ses talons. L'hôtel de ville. La banque de Californie. Le service des eaux, de style espagnol, avec ses colonnades en adobe et son toit de tuiles rouges. La morgue de Haley. Le cinéma *Criterion.* La caserne des pompiers, ses briques rouges immaculées, ses grandes dalles de béton uni. Puis nous passions au lycée de San Elmo, en marquant des arrêts pleins de respect à certains endroits stratégiques — allées sinueuses en ciment, fontaines publiques.

— Arrête-toi, petit.

Sa grosse main m'empêchait alors d'avancer.

— Regarde à tes pieds. Que vois-tu ?

— Un trottoir.

— Le trottoir de qui ?

— Le tien.

— Erreur. Ce trottoir appartient aux gens. Ton père l'a construit pour eux, afin qu'ils puissent marcher au sec.

Le lycée de San Elmo. De la brique rouge. D'immenses escaliers de pierre, et papa, mains croisées derrière le dos, qui à travers la fumée de son cigare lorgnait ce que nous autres nommions « la merveille invisible ».

— Tu remarques rien ?

Je secouais la tête. Rien qu'une fichue école.

— Regarde attentivement. Tu peux pas le voir, tu le verras jamais, mais je vais quand même te le montrer.

Mon regard suivait l'inscription au fronton du bâtiment. LYCÉE DE SAN ELMO. 1936.

— Mais non, pas ça ! il disait d'un air agacé. Regarde bien ce bâtiment ! Qu'est-ce qu'il a de spécial ?

— Tu l'as construit.

— Quoi d'autre ? Dis-moi ce que tu ne vois pas.

— Comment veux-tu que je te le dise si je ne le vois pas ?

— Si, tu peux le dire — sers-toi de tes méninges.

Je m'approchais du mur de l'école, je le touchais ici ou là, je l'explorais en long, en large et en travers, écœuré par la suffisance paternelle, par ses simagrées imbéciles.

— Je vois rien.

— Tu remarques donc pas que ce bâtiment a résisté à quatre tremblements de terre ? Maintenant, approche-toi de lui et dis-moi ce que tu ne peux pas voir.

— Des morts.

Il secouait la tête d'un air dégoûté.

— Espèce de triple andouille ! Je parle des *fissures !* Les fissures dues au tremblement de terre. Cherche-moi une fissure dans ces murs. Allez, vas-y.

— Je peux pas, parce qu'y en a pas.

— Bon. Alors maintenant dis-moi ce qui, dans ce bâtiment, crève les yeux parce qu'on ne peut pas le voir.

— Les fissures.

— Pourquoi ?

— Parce que c'est toi qui l'as construit.

Il fouillait alors dans sa poche.

— Tiens, voilà un quarter. Tâche de ne pas le dépenser d'un coup.

Je le saisissais, puis filais ventre à terre, enfin libre.

D'autres fois, nous avions droit à la tournée du

cimetière de Valhalla, juste à l'extérieur de la ville. Ça le prenait parfois sans prévenir, le dimanche après-midi, et c'était un véritable cauchemar quand on a onze ans, qu'on doit lancer contre les Tigres de Nevada City à deux heures, qu'il est déjà une heure et demie, et qu'il fait semblant de ne pas remarquer votre uniforme, votre gant et vos protège-tibias comme vous le suivez en sachant que le terrain de base-ball est à l'autre bout de la ville, à une dizaine de blocs.

Le cimetière de Valhalla grouillait d'anges en marbre blanc sculptés par mon père, les ailes déployées, leurs bras et leurs longs doigts tendus, graves et concentrés comme des oiseaux de proie, figés en une posture menaçante, tels des vautours protégeant leur charogne. Perchés un peu partout, on avait l'impression qu'ils avaient déjà profané les tombes.

Au bout de l'allée bordée de cyprès se dressait l'énorme buste du maire Hal Shriner, sévère, mâchoires serrées, figé dans la pose menaçante et cruelle du politicien véreux qui vous toise du haut de son piédestal au-dessus de sa tombe, les yeux vides, quelques crottes d'oiseau sur son crâne de pierre. Mon père enlevait son chapeau et contemplait la statue avec émerveillement, comme un homme fasciné par le *David* de Michel-Ange, tandis que je frappais furieusement dans mon gant de base-ball.

— Neuf ans qu'il est mort, marmonnait mon père. Maintenant il est complètement bouffé aux vers.

Son regard croisait celui du maire.

— Salut, le maire, vieux fils de pute. On se la coule douce dans ton caveau ?

Je regardais la mer des pierres tombales en gémissant. Il me semblait que nous devions encore traverser des hectares de tombes. Le monde entier s'était métamorphosé en cimetière. Drôle de façon de s'échauffer avant un match de base-ball. Il savait que je rongeais mon frein, labourais le gravier avec mes chaussures cloutées, *il le savait,* mais il s'en fichait comme de l'an quarante tandis que dans une travée il s'approchait solennellement de la pierre tombale de la vieille Loretta Stevens, la bibliothécaire, une dalle sculptée en forme de livre ouvert, ses dates de naissance et de mort ciselées sur une page de pierre.

4

Mon père n'avait jamais désiré d'enfants. Il avait désiré des poseurs de briques et des tailleurs de pierre. Il a eu un écrivain, un comptable dans une banque, une fille mariée, et un serre-freins. En un sens il a essayé de faire de ses fils des maçons comme on façonne la pierre — en cognant dessus. Il a échoué, bien sûr, car plus il nous frappait, plus il nous éloignait de l'amour du métier. Quand nous étions gosses, un grand rêve habitait Nick Molise, le pressentiment d'un avenir glorieux comblait son esprit : MOLISE ET FILS, MAÇONS.

Nous autres, ses fils, avions ses yeux marron, sa stature de bouche d'incendie, d'où il concluait que nous avions aussi hérité de lui sa dévotion pour la pierre, sa passion pour les longues heures de labeur éreintant. Il envisageait de modestes débuts à San Elmo, puis une extension du théâtre des opérations à Sacramento, Stockton, puis San Francisco.

Le seul fils qui essaya sérieusement de réaliser le rêve de mon père fut Mario, qui, après son examen de fin d'études au lycée, fit une tentative héroïque. Comme papa avait affaire à un apprenti isolé et non à un membre du syndicat, il fit subir à Mario des épreuves inhumaines, l'obligeant à travailler six jours par semaine, de l'aube jusqu'à la nuit, lui promettant un salaire de misère qu'il lui payait seulement la semaine des quatre jeudis. Car il était intimement convaincu que Mario devait travailler pour l'amour de l'art, et pour le privilège d'avoir un maître aussi illustre. Il envisageait un apprentissage de cinq ans, mais dans le cas de Mario, vu que son fils était tellement stupide et réfractaire à tout enseignement, il faudrait sans doute étendre la période de formation à sept ans.

— Okay ! disait souvent Mario. Mais au moins, apprends-moi quelque chose ! Je pourrais aussi bien être au pénitencier de Folstom à casser des cailloux.

— C'est justement ça, l'idée, rétorquait alors mon père. On commence par te briser, jusqu'à ce que tu ne sois plus rien. Ensuite on te construit petit à petit pour que tu puisses redresser la tête et prouver au monde entier que tu es un poseur de briques hors pair, le digne fils de Nicholas Molise.

— Ah ! arrête tes conneries !

Au bout de trois mois d'apprentissage on proposa à Mario de jouer au base-ball en professionnel avec les Phoques de San Francisco dans la Pacific Coast League. A dix-sept ans, c'était déjà un lanceur extraordinaire, il avait réussi des prouesses dans l'équipe du lycée de San Elmo, et il était le gaucher vedette de l'équipe de la ville. Jouer au base-ball était l'activité qui tirait Mario de l'anonymat, la passion de sa vie. Il avait certes fini ses études au lycée, mais il était encore mineur, si bien que la direction des Phoques de San Francisco avait besoin de l'autorisation de ses parents avant de pouvoir l'engager définitivement.

Maman était d'accord pour signer, mais le vieux a refusé. Mario était trop jeune, il a dit, le base-ball un gagne-pain stupide. Au bout de cinq ou six ans on était fini, lessivé, bon pour le caniveau. Il ferait mieux d'essayer de se former à une profession honorable, celle de maçon par exemple, pour construire avec la brique et la pierre, plutôt que de gagner de l'argent en jouant à un jeu de gamin sans avenir.

Bon Dieu, ç'a été une sale époque : nous l'avons harcelé pendant des semaines — Stella, Virgil et moi — en le suppliant de donner sa chance à Mario, en l'injuriant, puis en refusant de lui adresser la parole. Mais c'était un vieux bouc des Abruzzes, aux cornes trompeuses et maléfiques, et il a refusé de céder. Il savait ce que devait faire son fils ; un jour Mario lui en serait reconnaissant. Inutile de le dire, il n'y avait pas un zeste de gratitude chez Mario, seulement de la rage et de l'amertume.

Il est retourné à ses cailloux et à son ciment en grinçant des dents, attendant patiemment le jour de ses dix-huit ans, quand papa ne pourrait plus s'opposer à sa passion pour le base-ball. Mais tout s'est terminé en eau de boudin. Car cet hiver-là les New York Giants se sont installés dans la région de la baie de San Francisco, et l'équipe des Phoques s'est sabordée. Du même coup, la chance de Mario s'est évanouie. Du jour au lendemain, il s'est retrouvé un moins que rien. Certes, mon père lui avait enseigné les rudiments du métier de poseur de briques, mais il était toujours apprenti, soumis au moindre caprice du vieux, et la graine du parricide germait dans ses entrailles. Dès qu'il a appris qu'il n'était plus question pour lui d'entrer dans l'équipe des Phoques, Mario a sauté de l'échafaudage du chantier où travaillait mon père, et il a filé. Papa a été outré, il lui en a voulu à mort. Pendant des années il a refusé de parler à Mario, il traversait même la rue dès qu'il voyait son fils venir à sa rencontre. En réalité, c'était

Mario qui changeait de trottoir dès qu'il apercevait mon père.

— Il m'a trompé, disait papa. Il a trahi son propre père.

Les dimanches après-midi d'été, mon père s'installait dans les tribunes pour siffler Mario, qui jouait dans l'équipe de la ville des matches semi-professionnels contre Marysville, Yuba City, Grass Valley, Auburn ou Lake Tahoe. Rassasié de bière pendant ces après-midi torrides, il formait une claque à lui tout seul, applaudissant et encourageant l'équipe adverse à ratiboiser la chair de sa chair.

— Rentrez-lui dans le lard ! Faites-le sortir les pieds devant ! beuglait-il aux batteurs qui faisaient face à Mario.

J'accompagnais le vieux lors d'un match crucial entre San Elmo et Yuba City. Dans les dernières minutes du match, alors que les deux équipes étaient à égalité, Mario a réussi un coup au but pour remporter le championnat de la ligue. Alors que ventre à terre et sous les acclamations du public local il atteignait la troisième base, mon père furieux s'est précipité en bas de la tribune pour plaquer au sol son fils qui exultait. La police a dû le traîner hors de la pelouse, Mario s'est relevé, et son équipe a malgré tout gagné le match.

5

L'avion a touché la piste de l'aéroport de Sacramento à l'heure prévue, et peu après les passagers ont défait leur ceinture de sécurité. J'ai été le premier à débarquer, alors qu'une chaude bourrasque de septembre balayait le ciment et le faisait trembler comme l'image d'un poste de télé déréglé. J'avais oublié la chaleur de la vallée de Sacramento. Maintenant je savais que j'étais rentré chez moi.

Mon frère Mario ne figurait pas parmi les quelques personnes qui attendaient les passagers du vol de Los Angeles. Je suis allé l'attendre dans la salle climatisée. Au bout d'un quart d'heure, je suis sorti dans le parking pour essayer de repérer la camionnette de mon frère. Il n'y avait pas le moindre signe de Mario, et la chaleur était écrasante. Je suis donc retourné presque aussitôt dans la salle d'attente, j'ai trouvé le bar sombre et frais, et j'ai commandé une bière. A une heure et demie, je me suis dit que Mario ne viendrait sans doute pas. J'ai téléphoné chez lui à San Elmo, sa femme Peggy m'a répondu. Elle semblait perpétuellement essoufflée, comme une mère qui poursuit ses enfants.

« C'est qui à l'appareil ? »

— Henry Molise. Ton beau-frère.

— Tiens, ça alors ! Henry Molise ! Quel bon vent t'amène, Henry ? Tu ponds toujours tes romans de merde ? Le dernier était vraiment à chier. Je l'ai brûlé pour que les enfants soient pas contaminés. Bon Dieu, y a d' ces façons de gagner sa vie ! (Le roman en question évoquait un jeune serre-freins qui plaquait femme et enfants pour se lancer dans le base-ball professionnel. Il ne pouvait bien sûr pas plaire à Peggy.)

— Mario est là, Peggy ?

— Peut-être. Pourquoi ?

— J'aimerais lui parler.

— C'est ton frère l'intello, je l'ai entendue beugler. Tu veux lui causer ?

Il y avait une sorte de rugissement en bruit de fond, un quelconque événement sportif à la télé. Après un long moment les bruits de la foule ont diminué, et Mario est arrivé.

— Salut, Henry. Quoi de neuf ? Tu regardes le match ?

— Le match ? Quel match ? T'étais censé venir me chercher à l'aéroport.

— Laisse tomber. C'est plus la peine de venir. J'allais justement t'appeler. Ça baigne. Ils se sont rabibochés. Tout ce baratin à propos du divorce — c'était de la frime.

— Espèce de sale con ! T'aurais pu me prévenir plus tôt.

— J' voulais te prévenir, Henry, mais ça m'est sorti d' la tête.

— Viens me chercher.

— Te chercher ? Où ça ?

— A l'aéroport de Sacramento.

— Tu veux dire que t'es venu ?

— Merde alors, comment veux-tu que je sois à l'aéroport de Sacramento si j'étais pas venu ? J'ai pris l'avion, Mario ! Je suis là, dans une cabine téléphonique, en train de te parler. Rapplique en vitesse !

Il a gémi.

— J' peux pas, Henry. C'est les Giants contre les Dodgers. Bobby Murcer est à la batte, avec deux points de retard. Bon Dieu, Henry, tâche de te trouver une télé ! Grouille-toi ! Le match vient de commencer !

— Espèce de fumier !

— Désolé, Henry. J' vais te dire un truc : y a un car pour San Elmo à cinq heures. J'irai te prendre à la gare routière.

J'ai failli éclater.

— Je ne veux plus te voir pendant le restant de mes jours, je lui ai dit. Mais s'il te plaît, rends-moi un service. Ne préviens surtout pas papa et maman de mon arrivée. J'ai pas la moindre envie qu'ils viennent me chercher à la gare routière. Je pourrais pas supporter ça. D'accord ?

— Oh merde ! il a fait. Murcer vient de rater son coup.

J'ai raccroché avant de retourner sur mon perchoir du bar, déprimé, écœuré. Mario gâchait tout ce qu'il entreprenait. Pas étonnant que mon père se méfiât de lui comme de la peste, et qu'il le rabaissât à la première occasion.

Une voix annonça par haut-parleur le prochain vol pour Los Angeles. Soudain j'ai eu la prémonition de problèmes terribles à San Elmo et j'ai décidé de rentrer à L.A. Mais comme je me hâtais vers la porte d'embarcation, j'ai changé d'avis. Je n'avais pas fait tout ce chemin pour reculer à dix-huit miles du but ? Il fallait que j'aille jusqu'au bout, je le devais à mes parents, pour quelques heures au moins.

La navette de l'aéroport m'a emmené à Sacramento, où je suis allé au cinéma, ai traîné dans une librairie, puis dans un bar pour boire une bière et faire quelques parties de flipper, et je suis enfin monté dans le car de San Elmo, en définitive une journée fructueuse et gratifiante grâce aux caprices de mon frère, qui non seulement était à l'origine de mon voyage, mais m'avait lamentablement lâché en fin de parcours.

Quand le car s'est engagé dans la grande rue de San Elmo, j'ai compris que la ville avait changé, maintenant que la route 80 qui filait vers les Sierras passait à deux miles au nord de la ville. San Elmo était désormais isolée, son cordon ombilical coupé, et la ville se mourait à petit feu. Hormis quelques voitures garées devant *Safeway* et *Penney's,* il n'y avait quasiment aucun véhicule dans l'artère principale de la ville. La salle de billard *Acmé,* où je m'étais initié à la vie, avait fermé ses portes. Tout comme le cinéma *Ventura,* où j'avais vu tous les films d'Elizabeth Taylor au moins quatre fois.

Le car a quitté la grande rue sur la droite pour se garer devant la gare routière. Je suis descendu avec deux Chicanos et je les ai suivis dans la gare (un ancien magasin de vêtements), où devant les fenêtres il y avait quelques bancs de bois qui faisaient face à la rue. Le guichet des billets était ouvert, mais désert. Il y avait seulement deux personnes dans ce lieu désolé. L'une était ma mère, assise sur un banc près de la fenêtre, et l'autre mon père, assis sur un autre banc, le plus loin possible de sa femme.

Tous deux m'ont repéré en même temps. Ma mère a parlé la première, elle a crié : « Henry, mon garçon ! » et tendu les bras vers moi.

Malgré la chaleur suffocante de cette fin d'après-midi, elle portait un lourd manteau noir bordé de fourrure, du col jusqu'à l'ourlet du bas. Je connaissais ce fichu manteau — gamins, nous l'appelions « le manteau du Colorado ». Trente ans plus tôt tante Carmelina avait refilé à ma mère ce cadeau élimé, ce manteau clinquant qu'une putain n'aurait pas désavoué, et qui enveloppait absurdement ma frêle mère aux cheveux gris. Elle portait dessous une robe simple en guingan. Je l'ai prise dans mes bras, j'ai embrassé son visage brûlant et respiré l'odeur des épices italiennes qui imprégnait ses cheveux en permanence.

— Merci mon Dieu, elle a haleté en s'accrochant à moi. Oh merci mon Dieu ! Je désirais seulement voir mon fils chéri une dernière fois.

Son corps a tressailli, puis s'est soudain affaissé entre mes bras ; sa tête était rejetée en arrière, sa bouche ouverte, ses yeux clos. Elle ne pesait que cinquante et un kilos, mais c'était du poids mort, difficile à maîtriser, si bien que j'ai senti mes genoux fléchir avec elle et que j'ai crié à mon père de venir m'aider.

— Lâche-la, il a bougonné, un petit cigare noir à la bouche. Laisse-la tomber par terre.

Il a quand même traversé la salle d'un pas vif pour la saisir comme un sac de grain et la poser sans ménagement sur un banc, en marmonnant :

— Saloperie de bonne femme, personne la soulagera donc de son calvaire ?

La colère lui mettait des taches rouges au cou, la fumée de son cigare noir lui piquait les yeux.

Maman gisait là, apparemment inconsciente, les yeux clos, la bouche ouverte, tirant d'une main pudique l'ourlet de sa robe sous son genou. Ses bas étaient retenus par des bracelets pour manches de chemise. Je les ai reconnus : ils venaient de la garde-robe de mon père.

— C'est rien, a dit papa. Le cinéma habituel. Une broutille.

— A boire, a gémi maman.

J'ai cherché une fontaine.

— Y en a pas ici, a dit papa.

Je suis sorti en courant dans la grande rue et je suis allé au *Café Colfax,* à quatre portes de là, pour demander un verre d'eau à une serveuse. Quand je suis revenu à la gare routière, ma mère, assise, tournait le dos à mon père qui, avec une moue dégoûtée, se frappait la tempe avec la paume. J'ai porté le gobelet en carton aux lèvres de maman ; comme un chaton, elle a bu une minuscule gorgée. Aussitôt ça l'a requinquée. Elle m'a souri en m'examinant avec attention de ses yeux châtains.

— T'as pas l'air bien, Henry. Elle s'occupe de toi comme il faut ?

— Elle s'occupe parfaitement de moi. Ça va mieux maintenant ?

— C'est le cœur, Henry. Je n'en ai plus pour longtemps. Je suis bonne pour le grand voyage. J'aurais eu une vie horrible. Il m'a rouée de coups de pied. Il a essayé de m'étouffer. Il est comme un fauve maintenant. Tu peux pas savoir ce qu'il me fait endurer. Il est devenu bizarre, Henry. Le soir j'ai peur d'aller me coucher.

Papa s'est effondré sur le banc, il a relâché tous les muscles de son corps et secoué la tête d'un air las en fixant les lattes nues du plancher. J'ai ressenti une immense pitié pour lui, nos regards se sont croisés.

— Tu peux pas savoir, petit, il a dit. T'en devineras jamais le quart de la moitié.

Ça a arraché un gémissement à ma mère. J'ai saisi sa main brûlante et sèche.

— Repose-toi un peu. Je vais appeler un taxi.

Elle a secoué la tête.

— Le taxi coûte cinquante cents.

— Le dernier taxi a quitté la ville y a deux ans, a dit papa.

— Appelle Stella, j'ai fait. Dis-lui de venir avec sa voiture.

— Cette femme a rien de cassé. Elle peut marcher.

C'était dit avec calme et confiance, j'en étais certain, mais c'était néanmoins cruel, car une vieille dame avait droit à quelques caprices, surtout ma mère, qui ne possédait pas grand-chose d'autre. Elle a fait effort pour se lever.

— Je vais essayer, elle a dit.

Je l'ai enlacée de mon bras.

— J'y arrive pas, elle a soupiré en se réinstallant sur le banc.

— Elle ment, a dit papa.

— Merde alors ! Va téléphoner à Stella !

Son visage s'est effondré. Il ne prenait jamais de gants avec autrui, mais ne supportait pas qu'on lui parlât durement. Sa moustache était maintenant blanche, ses cheveux d'un gris brunâtre, comme des feuilles d'automne. Il avait les joues couperosées de l'amateur invétéré de Chianti, et ses yeux bruns étaient striés de minuscules veines rouges. Après un long silence boudeur, il a marché jusqu'au téléphone mural ; il se déplaçait vite mais en boitant un peu, comme si la gêne lui brûlait la plante des pieds. Une impression de grande force émanait toujours de lui, mais on aurait dit que ses mouvements avaient perdu la patine de la vitalité. Il avait maigri, son fond de pantalon kaki pendouillait tristement.

Il a glissé une pièce dans le téléphone et commencé de composer le numéro tout en pointant le médius et l'index sur ma mère, afin de lui jeter un sort à la manière des paysans des Abruzzes.

Elle a chuchoté en le regardant

— Je peux te dire quelque chose, Henry ?

J'ai vu la ruse et l'innocence briller dans ses yeux.

— Oui ?

— Ton père est en train de perdre les pédales.

J'ai répondu que je n'étais pas de son avis, qu'il ne me semblait pas avoir changé.

— Stella répond pas, a dit mon père près du téléphone.

Il a récupéré sa pièce et composé encore le numéro. Soudain il s'est mis à brailler, sa bouche semblable à la gueule d'un bulldog aboyait dans le récepteur, il agitait le poing pour accentuer ses menaces.

— Je vais te tuer ! il hurlait. Je vais te briser tous les os. Je te préviens, ne m'approche pas !

C'était de la folie pure.

— Tu vois ? a fait ma mère, ravie.

On ne s'adressait sans doute pas ainsi à sa propre fille. J'ai marché jusqu'au téléphone et lui ai arraché le récepteur.

— Bonjour, Stella.

Mais ce n'était pas Stella. C'était Mario. Mon père et lui venaient de reprendre leur suave dialogue.

— Ecoute, Henry, il m'a imploré. Mets une muselière à ce chien enragé. Je lui ai juste dit que je pouvais pas venir maintenant. On est en plein dans la septième phase, Henry, les Giants ont deux joueurs sur les bases. Oh, putain ! Mattews est à la deuxième, Rader sur la trois, et v'là Murcer qui se prépare à recevoir la balle. Nom de Dieu, c'est maintenant ou jamais ! J' peux pas venir, Henry. J' suis désolé... désolé...

— Tu regardes toujours ce match de merde ? j'ai crié.

— Fantastique ! C'est la fin du monde ! Salut, Henry !

Il a raccroché.

Je me suis retourné vers mon père. Il allumait un vieux bout de cigare. D'une pichenette dégoûtée, il a balancé son allumette.

— Mon fils Mario ! il a grommelé ; puis il s'est tourné vers maman : T'es prête à rentrer au bercail sur tes quilles ?

— Nous allons rentrer tous ensemble, elle a dit gaiement en cherchant quelque chose dans cette salle qui ressemblait à une étable. — Où sont les vécés ?

Elle a trouvé la porte ad hoc, puis s'est dirigée vers elle d'un pas allègre. Papa l'a regardée y aller.

— Ce sera plus long maintenant, il a réfléchi à haute voix. Je lui donne un an au maximum.

— De quoi parles-tu ?

Il a vrillé son index contre sa tempe.

— Sa tête. Elle est cinglée.

— Vous êtes tous les deux cinglés.

Il a écarté cette remarque comme on chasse une mouche.

— Où est ta valise ?

— Je suis venu sans. Je rentre ce soir.

Ses yeux rouges ont paru s'embraser.

— Certainement pas. Tu vas rester un peu.

— Impossible. Faut que je bosse.

— Bosser ? Toi ? Quel boulot ?

— Mon livre.

Il a reniflé avec mépris.

— Ton livre ! T'appelles ça du boulot ?

Il a lancé son cigare en direction du crachoir, mais a manqué son coup.

— Alors vas-y tout de suite. File, dégage, du vent. Prends le prochain car. Et surtout, reviens pas.

Il a pivoté sur ses talons pour marcher vers la porte d'un pas décidé. J'ai couru derrière lui.

— Attends. Je vais rester jusqu'à demain.

Je lui ai pris le bras, mais il s'est dégagé d'un geste sec avant de passer très vite devant la fenêtre, puis dans la rue, au moment précis où maman sortait des toilettes. Elle a juste eu le temps d'apercevoir son mari filer dans la rue.

— Qu'est-ce qui lui prend encore ?

Je lui ai expliqué.

— Il t'a parlé du travail ?

— Quel travail ?

— Lui le sait. Il t'en parlera.

Ça m'a fait l'effet d'une mystérieuse conspiration, mais elle n'a pas ajouté un mot en sortant sur le trottoir. Je l'ai accompagnée dans la rue brûlante, jusqu'au carrefour de la banque. Elle m'a tiré par la manche pour me montrer la baie vitrée, et plus spécialement un bureau, celui de mon frère Virgil, sur lequel il y avait une petite plaque de bronze : VIRGIL T. MOLISE — EMPRUNTS. La banque était fermée à cette heure.

— Regarde comme son bureau est bien rangé, elle a dit, ravie. Chaque chose est à sa place. Quel bon garçon.

— Il a toujours été très ordonné, j'ai répondu en me retenant d'ajouter : et chiant comme la mort.

Nous avons traversé la rue. Elle transpirait, je l'ai obligée à retirer son manteau de pute. Je l'ai glissé sous mon bras.

— Je t'ai préparé un bon dîner, elle a dit. Des aubergines frites avec du fromage ricotta, des gnocchi di latta, et du veau. Tu te rappelles les aubergines ? C'était ton plat préféré.

— Tu savais que j'allais venir

— Mario a téléphoné.

Ah, ce Mario !

Elle marchait à petits pas pressés, tout près de la vitrine des boutiques, sur le trottoir ombragé de

Lincoln Street. Très peu de gens osaient affronter cette canicule infernale. Même la réception du *Ritz*, où les cheminots aimaient traîner dans les fauteuils de cuir, était déserte. Une ville malade. On avait l'impression que les bulldozers rôdaient à l'orée de la ville en attendant le râle de l'agonie.

— Arrange-toi pour que ton père voie le médecin, elle a dit. A son âge on sait jamais ce qui peut arriver.

— Il m'a l'air en forme. Amaigri, mais ça ne lui fait pas de mal.

— Trop de vin. Il passe toutes les nuits à aller aux vécés. J'ai acheté de la bonne mozzarella. Demain je te préparerai des croquettes. Mario adore ça.

Nous avons traversé la voie de chemin de fer pour rejoindre l'autre section d'Atlantic Street, la partie la plus ancienne de la ville, ses magasins en brique pourris, une rue de boutiques chinoises, une blanchisserie, un restaurant, un magasin de nouveautés. Le *Café Roma* était tout au bout de l'impasse.

— Il est là-bas, elle a dit avec un froncement de sourcils. Il y a des puttanas à l'étage.

— Vraiment ?

Il y avait toujours eu des prostituées au-dessus du *Café Roma.* A chaque sortie de lycée j'y allais, et j'aimais surtout ça par les après-midi d'hiver pluvieux, quand on faisait marcher le juke-box et qu'on jouait au gin rummy pour savoir qui monterait avec les filles.

J'étais là-haut un soir lorsqu'un grand chambardement a fait trembler l'escalier, et j'ai entendu mon propre père beugler quand la patronne et trois putes l'ont viré dans l'allée parce qu'il était ivre, grossier et sans le sou. Ce soir-là j'ai eu honte de lui ; dès que la patronne m'a demandé si je connaissais cet homme, je lui ai répondu que non, je ne connaissais pas ce type, je ne l'avais jamais vu de ma vie ; encore un cinglé de Rital, j'ai ajouté, y en a plein la ville, les rues en sont infestées, et on entendait mon père dans l'allée, qui braillait sous la fenêtre : « Je vais avertir la police ! Me débrouiller pour fermer vot' boxon ! »

Oui, je connaissais pas mal de choses sur le *Café Roma* et les chambres du haut. Je voyais encore les matelas nus dans les coins, je sentais l'odeur des pièces froides et sans amour, je me rappelais ces femmes tristes, stupides, brisées, car San Elmo faisait partie d'un réseau de prostitution qui incluait Marysville, Yuba City et Lodi ; quand le syndicat envoyait une pute à San Elmo, c'était forcément une vraie truie qui ne convenait même plus pour Yuba City, même si ce dernier bled était déjà le trou du cul du monde.

Quand elle a levé les yeux vers l'enseigne au néon qui clignotait *CAFE ROMA* au-dessus du saloon, une vertueuse indignation chrétienne a embrasé le regard de ma mère. « Grâce au ciel vous êtes tous mariés. Ça vous évite ce genre d'endroit. »

Je l'ai embrassée en riant de son extraordinaire naïveté.

— Rentre à la maison, maintenant, je lui ai dit. Je vais chercher papa.

— Pas de bagarre, hein ?

— Pas de bagarre.

— Demain je te préparerai un bon fritto misto avec des scampi et du chou-fleur.

— Magnifique.

— Tu aimes toujours le chou ?

— J'adore ça.

— Je vais réfléchir. Peut-être pour après-demain Et dimanche, des ravioli.

Elle concoctait des pièges délicieux et innocents pour me retenir à la maison. Je l'ai regardée s'éloigner sur ses petits pieds véloces, en portant son manteau bordé de fourrure.

6

La seule chose qui avait changé au *Café Roma* en plus d'un quart de siècle était la clientèle. Les vieillards dont je me souvenais pourrissaient aujourd'hui dans leur tombe, une nouvelle génération de vieux les remplaçait. Le long bar en acajou était le même qu'autrefois, ainsi que les deux drapeaux, américain et italien, poussiéreux et couverts de chiures de mouche, punaisés au mur. Un signe de la modernité s'affichait au-dessus du bar, un agrandissement de Marlon Brando dans le rôle du Parrain, un mètre carré de photo couleurs dans un cadre doré.

Le même ventilateur ronronnait au plafond et tournait assez lentement pour ne pas brasser l'air chaud, tandis que des mouches sportives se posaient sur ses pales, faisaient un ou deux tours de manège histoire de s'amuser, puis s'envolaient. Les stores verts qui masquaient les fenêtres de devant accordaient à la pièce obscurcie une illusion de fraîcheur, tout comme le parfum de la bière. Mais ce doux arôme était assassiné par la puanteur écœurante de l'huile d'olive et du parseman rance, et par l'odeur piquante de la sciure de pin qui, épaisse, couvrait le sol.

Une autre chose avait changé : quand j'étais gosse,

les habitués du *Café Roma* parlaient seulement italien. Aujourd'hui, la nouvelle fournée des piliers du bouge s'exprimaient en anglais, l'anglais de la rue certes, mais l'anglais malgré tout.

Huit ou neuf d'entre eux s'agglutinaient autour d'une table couverte de feutre vert, dans le fond de la salle. La lampe basse éclairait cinq joueurs de cartes assis autour de la table, et les autres debout derrière observaient les donnes d'un air pénétré. Mon père faisait partie des spectateurs. Ils formaient une bande d'excentriques irascibles et amers, des retraités de la sécu violents et ricaneurs, des vieux salopards capables des pires vacheries, mais qui se délectaient de leurs traits cruels, de leurs blagues obscènes et du simple fait d'être ensemble. Il n'y avait pas de philosophe parmi eux, aucun oracle chenu pour évoquer les profondeurs insondables de l'expérience humaine. C'étaient simplement des vieux qui tuaient le temps, qui faisaient passer le tour d'horloge comme ils pouvaient. Je n'avais jamais pensé à lui sous cet angle jusqu'au moment où je l'ai vu parmi ses semblables. Et il semblait maintenant plus âgé que les croulants qui l'entouraient.

Je me suis approché de papa et j'ai fait : « Salut ». Il a grogné. Le type chauve qui distribuait les cartes n'a même pas levé les yeux pour parler à mon père.

— Un pote à toi, Nick ?

— Non. C'est mon gamin, Henry.

J'ai reconnu le chauve : Joe Zarlingo, ingénieur des chemins de fer à la retraite. Il n'avait pas manœuvré un train depuis dix bonnes années, mais il portait toujours une salopette à rayures, une casquette d'ingénieur, et il avait une flopée de stylos et de crayons de couleur dans sa poche de poitrine, comme pour signaler qu'il était un homme très occupé.

J'ai dit bonjour à tout le monde en les regardant, deux ou trois m'ont répondu par des grognements ou des borborygmes agacés, sans prendre la peine de lever la tête. Je me suis souvenu de certains. Lou Cavallero, serre-freins à la retraite. Bosco Antrilli, jadis chef de service au bureau de poste, père de Nellie Antrilli, que j'avais séduite sur une fourmilière dans un champ au sud de la ville en pleine nuit (Nellie et moi, tout habillés, n'avions pas remarqué la fourmilière, puis nous avions arraché nos vêtements quand les fourmis enragées nous avaient attaqués). Pete Benedetti, ancien maître des postes. La partie s'est terminée, le fric a circulé, les joueurs ont enfin pris le temps de m'observer pendant que Zarlingo battait les cartes. Je ne les ai guère impressionnés.

— C'est lequel de tes gars, Nick ? a demandé Zarlingo.

— Çui qu'écrit des bouquins.

Zarlingo m'a dévisagé.

— Des bouquins, sans blague ? Quel genre de bouquins ?

— Des romans.

— Quel genre ?

— Arrête un peu de déconner, et distribue, a fait Antrilli.

— Va te faire enculer, espèce de sale con, a riposté Zarlingo.

Ces obscénités ont gêné mon père, car dans son esprit j'avais toujours quatorze ans, j'étais ce gamin qu'il emmenait dans ses tournées commémoratives, et il voulait me protéger contre la vulgarité de ses amis plus âgés. « Allez viens », il a chuchoté en tirant sur ma manche, et il m'a entraîné dehors dans les ondes de chaleur.

— Pourquoi que tu traînes par ici ? Il a fait. C'est pas un endroit pour toi.

— Allez, papa. J'ai cinquante ans maintenant. Je ne suis plus un gosse. Je suis venu te dire que je comptais rester un moment en ville.

J'ai eu l'impression de donner un coup de pied dans un nid de frelons. Il m'a lorgné de ses petits yeux rouges et brûlants.

— Comme tu voudras, mais je te demande rien. J'ai pas besoin de vous. Je trime depuis l'âge de huit ans. Je posais des pierres dans les rues de Bari vingt ans avant ta naissance, alors crois pas que je puisse pas me démerder seul.

— Pour quoi faire ?

— T'occupe.

J'ai levé les paumes vers le ciel.

— Ecoute, papa. Mettons-nous à l'abri de cette chaleur, et parlons un peu.

Ses mains ont plongé dans une poche puis dans une autre, jusqu'à ce qu'il l'ait trouvé — son vieux bout de cigare noir. Il a frotté une allumette contre sa cuisse, puis un nuage de fumée blanche a masqué son visage.

— Okay. Parlons affaires.

— Affaires ?

Nous sommes rentrés dans le *Café Roma* et je l'ai suivi au bar. Ils ne vendaient pas d'alcool fort, seulement de la bière et du vin. Le barman était le type le plus jeune du bouge, un gamin d'environ quarante-cinq ans, dont les cheveux descendaient jusqu'aux reins et dont la moustache rebiquait sur les joues comme deux quartiers de lune.

— Frank, a dit papa. Je te présente mon fils. Sers-lui une bière.

Et à moi il a dit : — Je te présente Frank Mascarini.

Frank m'a servi un demi bien mousseux. A mon

père il a servi un carafon de vin de Musso tiré d'un des tonneaux derrière le bar. Papa a emporté son carafon et son verre à l'une des tables, je l'ai suivi avec ma bière, et nous nous sommes assis. Il a siroté son vin pensivement. J'ignorais ce qu'il ruminait, mais il semblait peaufiner son texte.

Il a enfin parlé : — J'ai l'occasion de gagner un bon paquet de fric.

— Je suis content de l'apprendre.

C'était un homme pauvre, mais pas un miséreux. La sécurité sociale et les chèques tant de Virgil que de moi lui assuraient, ainsi qu'à maman, le minimum vital. Ils menaient une existence frugale mais digne : d'un os et d'une casserole d'eau chaude ma mère faisait un repas, et les pissenlits étaient gratuits dans tous les parkings.

— C'est quoi, ce boulot ?

— Un fumoir en pierre, dans la montagne.

— Tu te sens capable de t'en occuper ?

La stupidité de ma question l'a fait pouffer.

— Quand j'avais quatorze ans j'ai construit un puits dans les montagnes des Abruzzes. J'ai percé le socle rocheux. Dix mètres de profondeur sur trois de large. De l'eau de source. J'ai fait ça tout seul. J'ai sorti le roc du trou, avant de le transporter. Je travaillais avec de l'eau jusqu'au cul. Ça m'a pris trois mois. J'ai été payé cent lires. Tu sais ce que ça représentait à l'époque ? Quarante-cinq cents. Un salaire de quinze cents par mois. Aujourd'hui j'ai l'occasion de gagner mille cinq cents dollars en un mois, et tu me demandes si je m'en sens capable !

Ça l'amusait. Il riait.

— Evidemment que je m'en sens capable ! J'ai seulement besoin d'un coup de main.

— Papa, tu es un menteur. Personne ne travaille pour quinze cents par mois.

Son poing s'est abattu sur la table.

— Moi, je l'ai fait. Et je vais te dire une bonne chose. Je mettais de côté la moitié de ce que je gagnais.

— Que faisais-tu de l'autre moitié ?

— Je la dépensais. Au jeu. Pour l'alcool. Plus quelques femmes.

Il a bu deux longues gorgées de vin de Musso pendant que je l'observais. La décrépitude de cet homme ne faisait aucun doute ; ses yeux surtout la trahissaient. Leur étincelle avait disparu, comme derrière une pellicule jaunâtre striée d'un fin réseau de veines rouges.

J'ai dit :

— Papa, je crois pas que tu devrais accepter ce boulot.

— De quoi ?

— Tu es trop vieux, bon sang. Tu risques d'avoir une attaque, une crise cardiaque. Tu vas y laisser ta peau.

— Ma mère avait quatre-vingt-quatorze ans. Et mon père quatre-vingt-un. J'ai seulement besoin d'un aide de première bourre, d'un gars qui sache préparer le mortier et transporter les pierres.

— Tu as quelqu'un en vue ?

Il a encore bu une gorgée de vin.

— Ça se pourrait.

— Quelqu'un en qui tu puisses avoir confiance ?

— Ah ça non ! mais faut s' contenter de c' qu'on trouve.

Alors j'ai compris à qui il pensait.

— Papa, j'ai fait en souriant, tu es complètement cinglé.

— Combien de temps peux-tu rester ?

— Un jour ou deux.

— Nous pourrions faire le boulot en trois semaines.

— Impossible.

— Un truc facile. Une petite maison en pierre à Monte Casino. Trois mètres sur trois. Pas de fenêtres. Une seule porte. Je monte les murs, tu prépares le mortier, tu portes les pierres. Un endroit de toute beauté. Campagne profonde. Forêt. Grands arbres. Bon air de la montagne. Ça te fera un bien fou. Tu vas perdre un peu ta graisse.

— Ma graisse ? Quelle graisse ?

— Ta graisse. Tu te délabres. Je paie dix dollars par jour. Nourri, logé. Sept jours par semaine. On aura tout bouclé dans deux semaines si tu perds pas de temps et si tu me déçois pas. Tu veux ce boulot ? Je te l'offre. Mais rappelle-toi bien qui est le patron. C'est moi qui tiens les rênes.

— Papa, je veux que tu écoutes attentivement ce que je vais te dire. Je veux que tu restes calme et que tu sois un peu raisonnable. Mon boulot, tu le sais, consiste à écrire. Ton boulot à toi consiste à bâtir. Tout ce que je sais faire, c'est aligner les mots à la queue leu leu, les enfiler comme des perles. Tout ce que tu sais faire, c'est empiler une pierre sur une autre. Je ne sais ni poser des briques, ni préparer le mortier. Je ne veux pas apprendre à le faire. J'ai un certain nombre de choses à accomplir. Je me suis engagé. Par contrat. Il y a un homme à New York, un éditeur, qui me paie pour écrire un livre. Il attend son livre. En fait, ça fait plus d'un an qu'il attend. Il commence à perdre patience. Il m'envoie des lettres incendiaires. Il me téléphone pour m'engueuler. Il menace de me faire un procès. Tu comprends ce que je dis, papa ?

— Je vais te dire un truc sur Monte Casino, il a répondu. Ça va te faire un bien fou. Tu vas te refaire une santé. Pourquoi que tu t'inquiètes ? Est-ce que je t'ai dit que j'allais t'interdire d'écrire ? T'as qu'à emporter des crayons et du papier. Demande à maman : elle garde plein de papiers dans le placard. Tu pourras écrire quand tu voudras. Laisse-toi inspirer par les montagnes. Ecris le soir, après le boulot. Là-haut, tu seras au calme. Tu connais les hiboux ? Tu les entendras. Et les coyotes. La paix, la tranquillité, ça va te purifier l'esprit. T'écriras mieux.

J'ai grogné.

— Et Garcia, ton ancien hottier ?

— Mort.

— Red Griffin ?

— Mort.

— Le noir, Campbell ?

— En train de clamser.

— Y a bien quelqu'un de vivant ici, en dehors de moi ? Y a forcément quelqu'un !

— Morts, y sont tous morts.

— Et Zarlingo, ou Benedetti, ou un de ces pochards qui cartonnent ?

— Ils sont trop vieux. Benedetti a quatre-vingts ans.

Un soupir semblable au souffle des siècles a franchi ses lèvres humectées de vin. Il semblait s'effriter, comme si le poids du désespoir éparpillait les os de son squelette. Son menton s'est posé sur sa poitrine.

— Personne veut plus travailler pour Nick Molise, il a dit. Ça fait deux semaines que je cherche, mais je trouve personne. Même mon fils refuse.

Il a refoulé un sanglot.

— Bon Dieu, papa, te mets pas à pleurer à cause de moi.

— Dix, vingt générations de maçons, et v'là que

j' suis le dernier, la fin de la lignée, et tout le monde s'en fout, y compris la chair de ma chair.

Vint le moment de l'apaisement, de la patience et des mots consolateurs, de la mesure, de la bonté, de la charité et de la générosité filiale. Je lui ai dit que j'étais désolé. Je lui ai dit qu'il existait certaines choses que je ne lui demanderais jamais de faire, et qu'il en existait d'autres qu'il ne devait pas me demander. Je lui ai dit que je n'avais rien contre le fait de porter une hotte ou des pierres. Je lui ai dit que le métier de maçon était l'un des plus nobles et prestigieux qu'avait inventés l'humanité. Je lui ai parlé en termes dithyrambiques de l'Acropole, des pyramides, des aqueducs romains et des ruines aztèques. Alors ce vieillard irascible, têtu comme un âne rouge, a commencé de me taper sur les nerfs, mon agacement a éclaté au grand jour, l'impétuosité des Molise m'a submergé, leur truculence, leur sale caractère, leur rage.

— Franchement, vieux, j'ai dit, je peux pas saquer les professions du bâtiment. Je les déteste depuis que je suis tout petit, quand tu revenais à la maison avec du mortier sur tes chaussures et le visage. Pour moi, les peintres et les poseurs de briques sont des ivrognes, les plombiers des voleurs. Pour moi les charpentiers sont des escrocs, et les électriciens des bandits de grand chemin. Je supporte pas les dalles de pierre, encore moins le marbre ou le granit, et viens pas me parler de briques, de tuiles, de sable ou de ciment. J'ai pas la moindre envie de voir une cheminée en pierre, un mur ou des marches de pierre, même pas des pierres en vrac sur un chantier, et si tu veux savoir la vérité, rien que la vérité et toute la vérité, je peux pas saquer les maçons.

J'ai pris une profonde inspiration.

— Autre chose qui me revient pas : les montagnes, les forêts, les hiboux, le bon air de la montagne, les coyotes et les ours. J'ai jamais vu le moindre fumoir de ma vie, et, si Dieu le veut, j'en verrai jamais ; alors compte surtout pas sur moi pour en construire un.

Plus je criais et martelais la table, plus il buvait ; et plus il buvait, plus les larmes jaillissaient de ses yeux. De sa poche il a sorti un mouchoir à pois, il s'est mouché dedans, puis a encore bu une gorgée de vin. Il était pitoyable, anéanti, gênant, révoltant, indécent, stupide, borné, laid et rond comme une queue de pelle — le pire père qu'homme ait jamais eu, si méprisable que j'ai lancé un jet de bière dans le crachoir avant de me lever pour sortir.

Au fond du saloon un beuglement s'est fait entendre, le rugissement d'un taureau qui se serait pris pour un homme.

— Une seconde, l'intello. Merde alors, à qui tu crois que tu causes ?

Je me suis retourné. Les piliers du *Café Roma* me foudroyaient de leurs yeux froids et amorphes, la présence d'un intrus parmi eux renfrognait leur visage. Zarlingo s'est levé. La flopée de crayons et de stylos dans sa poche de poitrine évoquaient les décorations d'un colonel.

— Cet homme est ton père, a déclaré Zarlingo en montrant papa. Et c'est mon ami. T'as intérêt à le respecter, vu ?

— Ça vous regarde pas.

Cavallaro s'est levé d'un air menaçant, en repoussant sa chaise.

— T'as besoin d'un coup de main, Nick ? Tu veux qu'on fasse sa fête à ce p'tit morveux ?

— Tout va bien, a chevroté papa. Vous en faites pas pour moi, les gars. J' suis fatigué, voilà tout. Très fatigué. Et seul au monde. J'essaie de faire c' qui faut. On se décarcasse pour sa famille. On les nourrit, on leur paie des vêtements, on les envoie à l'école, et après ils vous traitent comme un chien, ils vous mettent dehors. Je sais pas ce qui s'est passé... où je me suis gouré. J'ai peut-être été trop bon. Je sais pas. Ah mon Dieu ! j'ai pourtant essayé. J' me suis fendu...

— Tu fais chier, j'ai dit en sortant.

7

Un demi-bloc avant la maison de mes parents sur Pleasant Street, j'ai repéré l'odeur de la cuisine de maman. L'horrible scène au *Café Roma* s'est dissoute dans le bouquet paradisiaque du doux basilic, de l'origan, du romarin et du thym.

Brusquement une silhouette a jailli par la porte de la maison, descendu à toute vitesse les marches de la véranda et foncé vers une camionnette garée contre le trottoir.

— Mario ! j'ai crié. Attends, Mario !

J'ignore s'il m'a entendu ou pas, mais il a démarré sur les chapeaux de roue sans me regarder, et le véhicule bruyant est parti comme un boulet de canon. J'ai traversé la cour jusqu'à la véranda. Ma mère était debout derrière la porte grillagée, ses cheveux argentés réunis au sommet de son crâne, un tablier blanc immaculé autour des reins, son visage irradiait la chaleur de sa joie et celle de ses fourneaux. A deux blocs de la maison, la camionnette de Mario pétaradait toujours sur cinq cylindres.

— Pourquoi il est parti comme ça ?

— Il a mangé et il a filé. Il a la trouille de ton père.

— Il mange toujours ici ?

— Dès qu'il peut. Sa femme fait pas de cuisine

italienne. » Son regard a exploré Pleasant Street « Où est ton père ?

— Au *Roma.*

— Vous vous êtes bagarrés ?

— Disputés.

— Tu ne pars pas dans la montagne ?

Il y avait de l'inquiétude dans sa voix.

— Tu étais au courant ?

Nous parlions toujours à travers la porte grillagée.

— Il m'a dit qu'il allait t'en parler.

— Il m'en a parlé. Je lui ai répondu que c'était hors de question.

Je suis entré dans le salon exigu, étouffant, où l'odeur des épices de la cuisine m'a submergé. Quel salon ! Il y faisait une chaleur infernale. C'était en fait une morgue. Les photos des tantes, des oncles, des cousins et des grands-parents défunts couvraient les murs. Dans un angle, sur un piédestal, se dressait une statue de Jésus qui saignait à profusion. Dans de petits ramequins de verre, des bougies éclairaient les pieds du Sauveur. Elles constituaient un élément essentiel de la maison, symbolisaient les choses les plus précieuses et significatives, car ma mère allumait ces bougies chaque fois qu'un parent décédait, lorsque quelqu'un tombait malade, dès qu'on perdait un objet de valeur, ou encore quand les éclairs s'approchaient de la maison.

J'ai entraperçu un tas de vêtements sur le divan. Ces affaires m'ont semblé familières, comme des visages sur une vieille photo.

— Qu'est-ce que c'est ?

— Tes vêtements de travail.

— *Mes vêtements de travail?* Pour quel travail ?

— Le travail dans la montagne.

Elle s'est caché le visage.

— Pas question que je mette les pieds dans la montagne.

— Réfléchis. Et puis décide-toi.

— C'est tout vu : pas de montagne.

J'ai examiné ces vêtements, renversé leur pile. Dieu seul savait où elle les avait dénichés, sans doute dans une malle du grenier brûlant où tout finissait par se momifier — les jeans, les chemises, les bottes, jusqu'à mon chandail de base-ball avec les grandes lettres SE brodées devant. J'ai frissonné en songeant que mes vêtements de bébé étaient sans doute soigneusement conservés quelque part là-haut. La résurrection de ces vêtements évoquait une manœuvre maligne, un stratagème mûrement réfléchi, l'araignée posant son piège, avec moi dans le rôle de la victime. Devinant mes pensées, elle s'est éclipsée dans la cuisine. Je l'ai trouvée à ses fourneaux, en train de remuer quelque chose dans des casseroles. Elle avait préparé beaucoup de nourriture.

— Qui va manger tout ça ?

— Tout le monde.

— Tu as invité tout le monde ?

— Non, mais ils vont venir.

Je me suis écroulé sur une chaise à la table de la cuisine. Aussitôt maman est arrivée avec une bouteille de vin qu'elle venait de sortir du réfrigérateur, et un verre. Je connaissais ce vin. C'était forcément le vin nouveau des vignes de la propriété d'Angelo Musso, de loin la denrée la plus importante dans la maison, car sans ce vin mon père se serait aussitôt étiolé, desséché.

— Maman, parle-moi un peu de cette histoire de divorce.

— Quel divorce ?

— Tu sais bien ce que je veux dire. Pourquoi crois-tu que je suis ici ?

Elle a ri.
— Des paroles en l'air. Nous sommes catholiques, nous ne pouvons pas divorcer. Tu ne savais pas ça ?
— Mario m'a dit qu'il t'avait rouée de coups, qu'il avait essayé de t'étrangler. Que tu avais dû le faire arrêter par la police.
— C'est Mario qui a fait ça. Papa n'était pas sérieux. Il n'a pas fait exprès.
Elle s'est mise à couper du pain.
— Comment peut-il te rouer de coups de pied et essayer de t'étrangler sans faire exprès ?
— Ce n'était pas sérieux. Il blaguait.
— Et ensuite il est allé en prison.
— Une demi-heure. C'est rien.
— Et ce rouge à lèvres sur son caleçon ?
— C'était de la gelée.
— J'ai bien pensé que c'était de la gelée.
— De la gelée de cerise. Sur ses crêpes. Il en a fait tomber sur ses vêtements.
— Et tu l'as accusé d'adultère ?
— Je me suis trompée, pour une fois.
Elle a poussé un long soupir.
— Mais combien de fois ai-je eu raison au cours de ces cinquante dernières années ?
Je lui ai pris la main et j'ai caressé la peau douce et sèche.
— Tu n'as plus à te faire de souci pour ce genre de chose. Il n'est plus jeune désormais. Le feu s'est éteint.
— Il n'a pas besoin de feu. Il se porte très bien sans feu.
— Ça n'existe plus que dans son esprit.
— C'est dégoûtant, elle a dit. C'est un péché.
Elle s'est concentrée sur le repas, elle a vérifié la cuisson de l'aubergine dans le four, celle des gnocchi

qui mijotaient dans une marmite noire, et le veau qui baignait dans le marsala.

— Je n'ai pas réussi à te trouver des chaussettes chaudes. Tu en auras besoin là-haut. A cette époque de l'année, il risque de neiger.

— Je n'irai pas là-haut.

— Même une dernière fois, pour ton père ?

— J'ai du travail. Je ne peux pas abandonner mon livre.

Ça l'a soudain propulsée hors de la cuisine vers la chambre, où je l'ai entendue déplacer des objets lourds. Elle est revenue avec une brassée de livres, qu'elle a lâchés devant moi sur la table. C'étaient mes livres de classe : géométrie, histoire de l'Amérique, littérature anglaise, espagnol.

— Ramène-les chez toi, elle a dit. Ils sont comme neufs.

Je l'ai remerciée. « Justement, j'en avais besoin. »

Elle a observé mon visage, pendant que ses doigts effleuraient les os frêles de ses joues et qu'elle se délectait de l'unique obsession de son existence.

— Tu ne l'as pas mis en colère ? Il ne va pas s'attirer des ennuis ?

— Il va boire un coup de trop, c'est tout.

— Je me moque de la quantité de vin qu'il boit. Les garçons le ramènent toujours à la maison.

— Les garçons ?

— La bande de Zarlingo. Ils le surveillent à ma place. Heureusement que tu seras avec lui. J'en ai vraiment peur, de ces montagnes.

Un ange, un ange inlassable, épuisant. Pas étonnant que papa lui ait botté le cul. Je me suis senti étranglé, aussi impuissant qu'un nouveau-né emmailloté qui se débat vainement. Pourquoi étais-je venu ici, bon Dieu ? Et que mijotait donc ma femme ? J'avais un mal de chien à continuer mon livre. Que m'arrivait-il ? Le vieux supportait donc toutes ces conneries depuis un demi-siècle ? Qui l'avait accusé d'être impulsif, intolérant, impatient ? Le soleil était descendu derrière les maisons de l'autre côté de l'allée, et il faisait désormais plus frais, dans les trente-cinq à l'ombre. Des nuages rouges et orangés explosaient dans le ciel.

— Tant que je sais où il est, elle disait. Tant qu'il me prévient à l'avance...

J'ai rempli mon verre avant d'aller sur la véranda pour m'asseoir dans le fauteuil à bascule qui grinçait, et j'ai allumé une cigarette. La nuit tombait vite. Plus loin dans la rue, une mère est sortie de chez elle pour appeler ses enfants à dîner. Le lampadaire du carrefour s'est allumé, un vieux chien qui se hâtait de rentrer chez lui a trotté dans sa lumière. Les yeux blancs des postes de télévision brillaient aux fenêtres des maisons de l'autre côté de la rue, les cow-boys filaient sur l'écran, les coups de feu claquaient dans le crépuscule de San Elmo. Une ville solitaire. Toutes les villes de la vallée lui ressemblaient, désolées, mystérieusement éphémères, enclaves précaires d'existence humaine, tous ces gens réunis derrière de modestes clôtures et de frêles murs en stuc, barricadés contre les ténèbres, figés dans l'attente. Me balançant d'avant en arrière, je sentais la souffrance imprégner mes os, souffrance pour l'homme, souffrance de la solitude dans la maison de ma mère et de mon père qui vieillissaient, qui attendaient, qui marquaient le pas.

Alors ma mère s'est approchée de la porte grillagée en silence et elle m'a regardé, comme pour engranger un souvenir de moi, comme si elle ne devait jamais me revoir. Je l'ai sentie palpiter, irréelle et désincarnée, triste et perdue, tandis qu'elle semblait s'évanouir puis prendre à nouveau corps, gênée qu'il restât si peu de temps.

— Henry ? (Sa voix était douce, hésitante.) Il ne faut pas que tu t'inquiètes pour moi ou pour ton père. On perd un peu la tête en vieillissant, mais ça ne fait pas de mal. Sois patient, Henry. Tu veux dîner maintenant ?

L'aubergine frite m'a ramené vers mon enfance, où ce légume qui coûtait dix cents pièce constituait un vrai festin, vers les merveilleuses rondelles violacées qui grésillaient dans l'huile magique, vers de riches oncles arabes désireux de remplir nos estomacs, des souvenirs si beaux que j'en aurais pleuré.

Les minces tranches de veau m'ont mis les larmes aux yeux alors que je les accompagnais du vin délicieux de Joe Musso, issu des collines voisines. Les gnocchi préparés au beurre et au lait ont eu enfin raison de moi. Je me suis caché les yeux au-dessus de mon assiette et j'ai pleuré de joie en essuyant mes larmes avec ma serviette, gargouillant comme dans le ventre de ma mère, leur goût onctueux m'a rempli la bouche d'une vie paisible et intemporelle. Elle a remarqué mes yeux pleins de larmes, je n'ai pas pu lui cacher la vérité.

— Y a quelque chose dans l'air, j'ai dit. De l'ammoniaque peut-être ? Ça me brûle les yeux.

— C'est de l'ammoniaque. Je m'en suis servie pour laver le carrelage.

— Oui, c'est ça. L'ammoniaque.

— Ton père déteste l'ammoniaque. Il refuse que je m'en serve dans la machine à laver.

— Vraiment ?

— Tu sais ce qu'il aime ?

— Dis-le-moi.

— Le savon en paillettes.

Puis elle m'a posé des questions sur Harriet et mes

garçons. Je lui ai montré les photos de mon portefeuille, le benjamin à vingt-deux ans, l'aîné à vingt-quatre. Elle a regardé les photos à la lumière de la cuisine.

— Ils ne ressemblent pas à des maçons.

— Non.

— Les garçons de Mario ne veulent pas en entendre parler non plus. Quant au gamin de Virgil, il veut jouer du piano ; et Stella n'a que des filles. Le pauvre, lui qui aimerait tellement un maçon. S'il y en avait au moins un dans la famille, je suis sûre qu'il arrêterait de boire. Toutes ses prières seraient enfin exaucées.

— Il prie ?

— Jamais. Et il ne va jamais à la messe non plus.

Ses yeux ont fouillé mon visage.

— Et toi, Henry, tu vas à la messe ?

Je m'étais attendu à cette question.

— Tous les dimanches. Je suis réglé comme une horloge.

— Et tes garçons ?

— Alignés à côté de moi sur le banc, avec leur mère, tous les dimanches.

Elle a failli s'envoler, traverser le plafond vers les extases du paradis, mais soudain elle s'est reprise et son visage s'est assombri.

— Tu mens, Henry. Ta femme ne s'est jamais convertie au catholicisme.

— J'y travaille. Ça prend du temps.

Déçue, elle s'est assise en soupirant, puis s'est versée un peu de vin dans un verre.

— Pas de catholiques. Pas de maçons. Mon Dieu, que s'est-il donc passé ?

Elle s'est penchée pour me prendre la main et la tenir entre ses paumes sèches et chaudes, puis elle m'a dit d'une voix implorante, pleine de compassion :

— Parle à ton père, Henry. Fais-le revenir vers notre Seigneur. Il ne reste plus beaucoup de temps. A son âge, on n'est jamais sûr de vivre jusqu'au lendemain. Et puis, que deviendrai-je après sa mort, à me ronger les sangs sur son sort ?

— Pourquoi ne demandes-tu pas au père Martin de lui parler ? Après tout, c'est son boulot, de sauver les âmes.

— Il est déjà venu tant de fois ici. Mais ils ne font que se disputer. Ton père n'a aucun respect. Il n'a jamais renoncé à l'ancien style de ses montagnes. Tout ça le fait rire.

— Alors laisse-le tranquille.

— J'espère bien qu'il disparaîtra le premier. Je suis la seule à le supporter. Il est pire qu'un enfant : repasse les draps, mais pas les taies d'oreiller. Amidonne les manchettes, mais pas le col. Je lui cire ses chaussures, je lui taille les moustaches, frotte les pieds, coupe les cheveux, mets des bouillottes dans son lit. Tu connais sa dernière lubie ? Il a installé une cloche près de son lit. Toutes les nuits il sonne pour me demander quelque chose : apporte-moi un verre de vin, frotte-moi le dos, prépare-moi un bol de soupe. Quand je serai sous terre, tu crois que Stella fera tout ça ?

Le coup de la cloche m'a étonné.

— Vous ne dormez plus dans le même lit ?

— Il m'a expulsée.

— Pourquoi ?

— Comment veux-tu que je le sache ? De toute façon, je ne le touchais même plus.

Le rythme de ses paroles s'est accéléré.

— Savais-tu qu'il se fait des lavements avec du vin chaud, qu'il gobe des œufs crus le matin ?

— Dégoûtant.
— Tu me comprends, maintenant ?
Quelqu'un a klaxonné dans la rue.
— C'est Virgil. Dis-lui qu'il y a des gnocchis.
Je suis sorti sur la véranda et j'ai aperçu mon frère Virgil assis au volant de son break sous le lampadaire. Je lui ai fait signe de venir, mais il m'a demandé de le rejoindre.

Les pare-chocs de son vieux break étaient tout cabossés, les garnitures en bois partiellement arrachées. On s'est serré la main par la vitre. Nos rapports étaient davantage ceux de camarades de classe que de frères. Ni lui ni moi n'aimions penser à l'autre, et en ce sens nous n'existions pas l'un pour l'autre. Mais il m'enviait, il jalousait mon style de vie, le modeste succès qui m'avait permis de quitter San Elmo. Je n'étais pas sûr de sa haine, mais son manque d'affection ne faisait aucun doute.

Il était devenu porcin, son ventre était coincé contre le volant. A quarante-sept ans il en faisait dix de plus, il perdait ses cheveux presque à vue d'œil — des mèches fournies sur les tempes, mais au sommet de sa tête son crâne brillait. Il s'était marié à trente-cinq ans seulement et avait aujourd'hui quatre filles et un garçon. Je les ai sentis quand j'ai passé la tête à l'intérieur de la voiture, l'infection rance du vomi et des couches. Tous les symboles de la joie familiale s'empilaient en vrac à l'arrière du break — crayons de couleur, tricycles, jouets, couches, couvertures.

Mon frère Virgil ! Le génie de la famille, destiné à devenir millionnaire, sorti du lycée avec toutes les distinctions imaginables, et, après de brillantes études en faculté, aussitôt accepté comme employé dans la seule banque indépendante de San Elmo. Au bout de près de trente ans de carrière dans la même entreprise, il dirigeait maintenant le département des emprunts, et son avenir était plutôt sombre, car les trois fils du président, tous diplômés de Stanford, étaient entrés en scène. Ce type me faisait pitié, mais en même temps je remerciais Dieu de m'épargner, depuis déjà un bon bout de temps, tout le bric-à-brac du premier âge qui s'entassait à l'arrière de son break.

— Comment va ?

Son sourire lui a tordu la bouche en un rictus affreux. De toute évidence, Virgil était un angoissé du bocal. Les yeux mélancoliques de notre mère envahissaient son grand visage napolitain.

— Comment va Edith ?

— En cloque.

Il a souri faiblement, comme un condamné devant le gibet.

— Bon Dieu, Virgil. *Encore ?*

Sa tête trop grosse pour ses épaules a opiné une fois ou deux.

— Tu devrais arrêter les frais, Virgil. Ça existe, les pharmacies. Sers-toi de quelque chose.

— Pour l'instant je me sers de ma queue. T'as d'autres suggestions ?

— Et la vasectomie ?

— C'est pour les chiens. Moi, j' suis un homme... Enfin, y m' semble.

— Viens à la maison. Buvons un verre de vino.

— Je refuse d'entrer là-dedans, il a grommelé. Y m' font chier.

— Et maman ? Elle est toute seule.

— Maman, papa, Mario, toute la clique me fait chier. Cette paranoïa devant le poste de police. Je supporte plus ça. Ils ont bousillé ma réputation dans c'te putain d' ville. Maintenant ils essaient de m'écraser.

J'ai ouvert sa portière.
— Allez viens, Virgil. Maman a préparé un dîner du tonnerre.
— Evidemment. Il a souri. Explique-moi un mystère. Comment se fait-il que ces vieilles toupies cuisinent aussi bien ? C'est pareil avec ma belle-mère. Elle est complètement jetée, mais bon Dieu, quel strogonoff !
Il a lancé un coup d'œil hésitant vers la maison, mais soudain il s'est penché vers la droite pour claquer violemment sa portière.
— Je refuse d'entrer. Plutôt crever de faim !
La porte grillagée a grincé, et nous avons tourné la tête vers la maison à l'instant où maman sortait.
— Viens manger, Virgil. Tout est prêt.
— Non merci, maman.
— Il y a des aubergines frites, Virgil, elle a dit pour le tenter. Je les ai préparées spécialement comme tu les aimes. Et puis du gnocchi au lait et au beurre, et du veau mariné dans le vin.
— Merci, maman, sans façon.
Blessée, sidérée par le refus de son fils, elle est retournée dans les ténèbres de la maison. J'ai regardé Virgil.
— T'as réussi ton coup, peau de vache.
— J'ai mes raisons.
— Comment veux-tu qu'elle connaisse tes raisons ? Elle ne pense qu'à ton estomac.
— Au fait, c'est quoi, cette nouvelle dinguerie ? Mario prétend que tu vas bosser pour le vieux.
— Il est cinglé.
— Je sais bien, mais, c'est vrai ?
— Bien sûr que non. Tu me prends pour un crétin, ou quoi ? Je pars demain matin.
— Quitte la ville, Henry. Barre-toi avant qu'ils ne te coincent.

— Personne ne peut me coincer. Je suis mon propre patron.

— Henry, il a fait avec un sourire patient. S'il te plaît. Je connais ce baratin par cœur. Prends tes jambes à ton cou et barre-toi d'ici. Ce soir. Tout de suite, si tu veux. Je t'emmène à l'aéroport.

— Merci, Virgil. Mais je reste.

— Papa est trop vieux pour poser des pierres. Dis-lui ça. Et puis trisse-toi en vitesse.

— S'il veut poser des pierres, c'est son droit. Mieux, c'est sa vie.

— D'accord, mais ça pourrait aussi bien être la fin de sa vie.

— Tu veux essayer de lui expliquer ça, Virgil ? Tu veux raisonner ce vieux salopard ? A l'heure qu'il est, il picole au *Café Roma.* Vas-y donc, essaie de discuter avec lui.

Il a levé les bras au ciel.

— Bon Dieu, quelle famille !

Il a fait démarrer le moteur, je me suis écarté de sa voiture et je l'ai suivie des yeux sur une dizaine de mètres. Alors elle a reculé jusqu'à moi. Un sourire niais, inconscient, tordait le visage adipeux de Virgil.

— Y a de la chapelure et du fromage Romano avec les aubergines ?

— Evidemment.

Résigné, il a coupé le contact. Nous sommes entrés ensemble dans la maison.

La cuisine. La cucina, notre vraie mère patrie, la grotte chaude de la bonne sorcière au fin fond du pays désolé de la solitude, ses chaudrons pleins de délicieuses potions qui mijotent sur le feu, une caverne d'herbes magiques, le thym et le romarin, la sauge et l'origan, le baume du lotus qui rend la raison aux aliénés, la paix aux angoissés, la joie aux affligés, cet univers exigu et clos, les fourneaux en guise d'autel, le cercle magique de la nappe à carreaux où les enfants se nourrissaient, ces vieux enfants ramenés à leurs débuts, car le goût du lait maternel hantait toujours leur mémoire, son parfum s'attardait dans leurs narines, leurs yeux se mettaient à briller, et la méchanceté du monde s'évanouissait quand la vieille sorcière maternelle protégeait sa progéniture contre les loups qui rôdaient au-dehors.

Séduit et vorace, Virgil a empli ses joues de gnocchi, d'aubergine et de veau, qu'il faisait descendre à longues goulées du cru fabuleux de Joe Musso, ensorcelé, captivé par sa formidable mère à qui il lançait, entre deux bouchées, des regards éperdus d'amour, s'arrêtant même au milieu du festin pour lui prendre la main et l'embrasser avec dévotion. Elle a ri de constater le pouvoir absolu de son envoûtement ; tandis qu'ils échangeaient des regards d'amoureux transis, je me suis glissé au salon pour téléphoner à Harriet à Redondo Beach.

— Tout se passe bien où tu es ? elle m'a demandé.

— Ça va. Pas de problèmes.

— Et ce divorce ?

— Oublié.

— Tu as été voir ma mère ?

— Non.

— Tu le feras ?

— Peut-être demain.

— Promis ?

— Non.

Quand j'ai senti l'haleine chaude de ma mère sur mon cou, je me suis retourné vers elle, qui écoutait ma conversation derrière mon dos. Elle ne se cachait même pas, elle écoutait ostensiblement.

— Laisse-moi lui parler, elle a dit en me prenant le téléphone des mains.

Puis, dans le récepteur :

— Hallôô, Harrietta. C'est moi qui té parle, toua bella-mère. Comé qué va, Harrietta ? Excellenté. Moi ? Yé mé sens ploutôt bien.

Voilà que ça la reprenait, les courbettes hypocrites de ma mère devant Harriet, les humbles politesses du serf devant la baronne ; toutes ces simagrées étaient si dégradantes que ma mère en perdait jusqu'à son élocution habituelle. Née à Chicago et ne connaissant que la langue anglaise, ma mère s'exprimait néanmoins comme une immigrée napolitaine fraîchement débarquée du bateau de l'éxode, chaque fois qu'elle s'adressait à Harriet.

Exaspéré, j'ai écouté son sabir en m'arrachant les cheveux.

— Harrietta, yé vé té demander oun grandé service, si ? Tou crois qué cé serait possible si ton époux, il reste ici doué, trois jours, pét-être ouna sémaine ? Qué, il va aider son papa, lé povré homme, il a les rhoumatismes. Yé crois ouna sémaine, pét-être dix jours, pét-être deux, trois sémaines, et le travail il sera terminé. Okay, Miss Harrietta ? Merci dou fond dou cœur. Qué Dieu tout puissant...

Je lui ai arraché le téléphone.

— Je rentre demain, Harriet. Ne crois pas une seule de ces saletés !

Maman a réussi à approcher la bouche de l'appareil.

— Sourtout, Harrietta, y' espère qué ça né poséra pas de problème à ta casa, okay ? Yé veux ouniquement aider son papa. Lé povré, il a si mal au dos.

— A demain ! j'ai crié avant de raccrocher d'une main furieuse.

Un bruit de grosses chaussures sur la véranda, des corps maladroits qui se déplacent. Joe Zarlingo et Lou Cavallaro sont entrés en vacillant par la porte de devant : ils portaient entre eux le corps de mon père. Avec un calme professionnel, comme une infirmière, ma mère a fait de la place sur le divan et tapoté un oreiller avant que les deux hommes n'y allongent mon père. Il restait étendu là, abruti, un sourire béat sur ses lèvres baveuses.

— Il a son compte, j'ai dit en le regardant.

— Je vais chercher le café, a dit maman.

Zarlingo et Cavallaro m'ont fusillé du regard.

— Pourquoi s'est-il enivré ? j'ai demandé.

Zarlingo a eu l'air scandalisé.

— T'as le culot de demander ça ?

Cavallaro semblait dégoûté.

— T'es quand même un drôle de zigue, il a fait. T'as pas de cœur, ou quoi ?

Virgil est arrivé de la cuisine en s'essuyant la bouche avec une serviette, puis il a considéré le vieux sans manifester la moindre émotion. Il s'est ensuite dirigé vers la porte, il a jeté la serviette sur une chaise et m'a souri.

— Qu'est-ce que je te disais ?

Il est sorti. Je l'ai suivi sur la véranda et vu partir au volant de sa voiture. Un autre véhicule, un camper Datsun, était garé devant la maison. C'était celui de Zarlingo.

Il est sorti sur la véranda avec Lou Cavallaro, et les deux hommes m'ont encadré. Zarlingo a mordu le bout d'un toscanelli, puis l'a vissé entre ses dents.

— Tu comptes aller à Donner Pass avec ton père ? il m'a demandé sèchement.

— Non.

— Tu veux dire que tu comptes laisser ton paternel y aller tout seul, trimbaler les pierres, préparer le mortier et construire seul une baraque en pierre ?

— S'il tient absolument à le faire, je ne vais pas l'en empêcher.

— Finalement, t'en as rien à secouer que ton paternel, y vive ou y crève, hein ?

— J'ai jamais dit ça.

— C'est un homme fier, a dit Cavallaro. T'as donc toujours pas pigé ça ?

— Toute fierté est vouée à la chute.

Brusquement le vieux Zarlingo a levé la main, et sa paume ouverte s'est abattue bruyamment sur ma joue. Une gifle violente, qui m'a pris au dépourvu et choqué. Il semblait d'ailleurs encore plus surpris que moi. Quant à Cavallaro, il n'en croyait pas ses yeux. Alors j'ai ri. Que faire d'autre ? J'ai ri pour cacher ma colère, puis je me suis éloigné vers l'allée, et retourné pour les regarder pendant qu'une boule de rage grossissait dans ma poitrine.

— Espèce de crétin ! J'ai crié. Vieil ivrogne sénile et pitoyable !

— Pauv' minus ! Il a répliqué sur le même ton en descendant rapidement les marches vers moi. Je vais t'apprendre la politesse, moi !

J'ai envisagé de l'attendre où j'étais, voire de lui flanquer une bonne raclée, mais tout ça était trop absurde, surtout ma colère, et je me suis éloigné d'un pas vif. Par-dessus l'épaule je l'ai vu ramasser une boîte de bière vide dans le caniveau et me la lancer. La boîte a ferraillé, inoffensive, devant moi, et j'ai encore éclaté de rire. J'ai suivi la rue vers la ville. Alors j'ai gambergé : j'allais quitter tout de suite cette putain de ville. Dans trois ou quatre heures je serais bien au chaud sous mes couvertures, à quatre cents miles d'ici, j'écouterais le soupir des vagues, et tout ce cauchemar serait oublié. J'ai descendu Pleasant Street jusqu'à Lincoln, puis Lincoln jusqu'à la gare routière.

Dans la contre-allée, le moteur du car de Sacramento chauffait pendant que les passagers s'installaient. J'ai acheté un billet, puis suis retourné près du car, mais sans monter à bord. J'avais perdu le pouvoir de prendre la moindre décision. Plus j'attendais — le chauffeur m'observait par la porte en se demandant si j'allais, oui ou non, monter —, plus ce choix paraissait crucial et plus la peur montait en moi, la crainte de porter un coup fatal à mes vieux parents, la crainte de regretter mon geste pendant toute ma vie. Je devais rester. Non par choix, mais par devoir. J'ai donc fait demi-tour pour rentrer à la maison en me sondant à la recherche de la bouffée de joie chrétienne que j'aurais dû éprouver après cette décision altruiste qui augmentait mes chances de récompense céleste.

Quand je suis arrivé, le Datsun était parti, ainsi que Zarlingo et Cavallaro. Dans la chambre ma mère était assise à côté du vieux, allongé nu sous un drap dans la petite pièce étouffante.

— Où étais-tu parti ? m'a demandé ma mère. J'étais si inquiète.

— Pourquoi ça ?

— Tu es écrivain. Cette ville, la nuit, ce n'est pas un endroit pour toi.

J'ai cru entendre mon père sangloter et je me suis approché de lui. Il pleurait dans son sommeil, les larmes coulaient de ses yeux clos. Elle tamponnait les cils mouillés avec le bord du drap.

— Pourquoi pleure-t-il ?

— Il rêve. Il veut sa mère.

Sa mère. Morte soixante ans plus tôt.

Pris d'une crise de larmes, je me suis réfugié à la cuisine avec le violent désir de boire du vin. J'en étais à mon deuxième verre quand maman est arrivée.

— J'ai changé les draps, Henry. Comme ça tu peux dormir dans mon lit.

8

J'étais trop las pour protester. Comme toutes les pièces de cette vieille maison, la chambre de ma mère était exiguë. La chaleur du jour imprégnait encore le lit quand je me suis glissé nu sous le drap pour me nicher dans la dépression du matelas qui délimitait les contours du corps de ma mère. Il a fait très noir quand j'ai éteint la lampe de chevet. Sur l'oreiller mes narines ont discerné la douce odeur terreuse des cheveux de ma mère qui m'a ramené vers cette autre époque où je n'avais pas encore vingt ans et où je voulais m'enfuir loin du foyer.

Oui, je suis parti. Alors que je n'avais pas vingt ans. Ce sont les écrivains qui m'ont poussé à quitter ma famille. London, Dreiser, Sherwood Anderson, Thomas Wolfe, Hemingway, Fitzgerald, Silone, Hamsun, Steinbeck. Enfermé, mais aussi barricadé contre l'obscurité et la solitude de la vallée, je m'installais à la table de la cuisine sur laquelle s'empilaient les livres de la bibliothèque, et la mort dans l'âme j'écoutais l'appel des voix romanesques en rêvant d'autres villes.

Je n'en pouvais plus de jouer au billard ou au poker, de déconner en buvant de la bière, de faire des virées en voiture jusqu'à des jardins solitaires avec des copains et des copines, de tripoter maladroitement jupes et petites culottes, de tripoter en vain. Les femmes étaient agréables mais exigeantes, on est blessé pour un rien à dix-neuf ans ; on prend les femmes pour des êtres doux et soumis, mais on découvre parfois des tigresses ; alors on se rabat sur les putains, moins trompeuses, et quand on a de la chance on apprend à lire.

Mon paternel, ce sale con, arrivait à la maison en titubant et en empestant le vin, il beuglait : ferme la lumière, va te coucher, qu'est-ce qui te prend, bordel ! Car les livres étaient ma drogue, mon intoxication devenait inquiétante, et je n'avais presque plus rien en commun avec lui. Trouve-toi un boulot, me sermonnait-il, fais quelque chose de ta vie. Il avait raison. Aujourd'hui je ne peux que lui donner raison. Tout le monde était d'accord avec lui. Même les gars du billard ont remarqué le changement. Désormais nous ne pouvions plus nous parler comme avant.

J'ai trouvé un boulot. J'ai ramassé les amandes, fait les vendanges, travaillé dans les champs de houblon. Les pluies sont arrivées, empêchant toute activité dans les champs détrempés, et grâce au Ciel je me suis retrouvé dans la cuisine, à lire mes doux livres. Ils m'ont cru malade — j'avais les yeux rouges, le regard fixe, ma mère touchait mon front : Tu te sens bien, Henry ? Tu as peut-être attrapé la grippe.

Il devrait voir un médecin, disait mon père. Pour découvrir ce qui cloche chez ce gamin. Tu files un mauvais coton, tu sais. Qui va s'occuper de ta pauvre mère quand je ne serai plus là ? Ça rapporte pas un sou de lire des livres. Fous-moi le camp d'ici ! Il y a la guerre en ce moment. Entre dans l'armée. Pars à San Francisco. Engage-toi sur un bateau. Démerde-toi.

Sois un homme. Tu sais ce que c'est, un homme ? Ça bosse, un homme. Ça en chie. Ça creuse. Ça bâtit. Ça martèle. Ça gagne quelques dollars et ça fait des économies. Ecoute, quand je te parle ! Je ricanais.

Il était hors de question de répondre à ce Rital de mes deux, à ce gominé péteux originaire des Abruzzes, à ce maudit cul-terreux, ce bouffeur de merde à vingt sous de l'heure, cette raclure immonde. Que savait-il au juste ? Quels *livres* avait-il lus ?

Je me sentais en pleine forme. J'étais sur un coup fumant. Je débordais d'une excitation nouvelle qui allait bien au-delà de San Elmo et de la télévision, un projet palpitant, scandaleux, qui faisait gicler mon adrénaline. Pourquoi n'avais-je pas découvert ça plus tôt ? Pourquoi avais-je perdu toutes ces années ? Essayé de transporter une hotte de briques, de préparer le mortier ? Qui donc m'avait mis des œillères, qui m'avait écarté des livres, qui les ignorait et les méprisait ? Mon paternel. Son ignorance crasse, la vie abrutissante sous son toit, ses beuglantes, ses menaces, sa cupidité, sa violence, sa passion pour le jeu. Les Noëls sans le sou. Un costume pour l'examen final au lycée. Et des dettes, des dettes sans fin. Nous avons cessé de nous parler. Un jour nous nous sommes croisés alors que nous traversions la voie de chemins de fer. Il a encore fait quelques pas, puis il s'est figé et mis à rire. Je me suis retourné. Il me montrait du doigt en rigolant. Il faisait semblant de lire un livre et il riait. Mais il n'y avait aucune joie dans son rire. Seulement de la rage, de la déception et du mépris.

Alors c'est arrivé. Une nuit que la pluie tambourinait sur le toit incliné de la cuisine, un grand esprit s'est glissé à jamais dans ma vie. Je tenais son livre entre mes mains tremblantes tandis qu'il me parlait de l'homme et du monde, d'amour et de sagesse, de souffrance et de culpabilité, et j'ai compris que je ne serais plus jamais le même. Il s'appelait Fiodor Mikhaïlovitch Dostoïevski. Personne n'en savait autant que lui sur les pères et les fils, les frères et les sœurs, les prêtres et les fripons, la culpabilité et l'innocence. Dostoïevski m'a changé. *L'Idiot, les Possédés, les Frères Karamazov, le Joueur*. Il m'a bouleversé de fond en comble. J'ai découvert que je pouvais respirer, voir des horizons invisibles. La haine que j'éprouvais pour mon père a fondu. Je me suis mis à l'aimer, cette pauvre épave livrée à ses obsessions et à la souffrance. J'ai aussi découvert mon amour pour ma mère, et pour toute la famille. L'heure était venue de devenir un homme, de quitter San Elmo pour m'ouvrir au monde. Je voulais penser et sentir comme Dostoïevski. Je voulais écrire.

La semaine qui précéda mon départ, l'armée me convoqua à Sacramento pour qu'un médecin m'examine. J'ai été ravi d'y aller. Quelqu'un allait donc prendre la décision à ma place. L'armée m'a refusé. J'avais de l'asthme. Inflammation des bronches.

— Mais c'est rien. J'ai toujours eu ça.

— Consultez votre médecin.

J'ai appris toutes les informations nécessaires dans un livre de médecine à la bibliothèque publique. L'asthme était-il une maladie mortelle ? Parfois. Qu'il en soit donc ainsi. Dostoïevski souffrait d'épilepsie, et moi j'avais mon asthme. On n'écrit pas bien sans maladie mortelle. C'était la seule manière d'accepter la présence de la mort.

9

Le jour de mon arrivée à Los Angeles, j'ai pris un boulot de plongeur à la caféréria *Clifton*. Quelques jours plus tard j'ai été promu serveur, puis saqué sous prétexte que je ne savais pas « garder mes distances avec la clientèle », en l'occurrence une jeune fille qui tenait un volume d'Edna St. Vincent Millay, et qui m'avait invité à m'asseoir à sa table pour discuter poésie.

Le lendemain j'ai trouvé un autre boulot de plongeur dans un saloon à l'angle de la Cinquième Rue et de Main Street. Ma chambre, située au-dessus, me coûtait quatre dollars par semaine, et je la partageais avec un autre plongeur. Il s'appelait Hernandez, il était cinglé. Ç'a été le premier écrivain que j'aie rencontré, un grand Mexicain rieur assis sur le lit avec sa machine à écrire posée sur les cuisses, et qui ne pouvait pas écrire une ligne sans éclater de rire. Il voulait écrire un livre intitulé *Profits et distractions du laveur de vaisselle.* C'était aussi délirant qu'Hernandez lui-même. Je m'endormais souvent pendant qu'il me lisait son manuscrit, écroulé de rire. L'un de ses chapitres s'intitulait « le Mystère de l'eau bouillante », un autre « Avoir les mains propres rend l'esprit propre ».

En fait, ce boulot était épuisant, le sol toujour inondé à cause des tuyaux qui fuyaient, et la nourriture immangeable. J'ai plaqué pour aller bosser dans le quartier de la confection, à pousser des chariots de vêtements et à faire les courses de tout le monde. J'avais une douzaine de patrons qui ne me laissaient pas une seconde tranquille avec leurs cafés, leurs sandwiches, leurs journaux et mille autres choses. L'un d'eux possédait une compagnie de taxis indépendante et m'a proposé de conduire la nuit. J'ai accepté alors que j'ignorais tout de cette énorme ville compliquée. La première nuit, j'ai sillonné tout le centre ville de Los Angeles pendant huit heures sans trouver le moindre client. Mon patron m'a assuré que ça s'améliorerait dès la fin de la présente période de sécheresse, en ajoutant que je devais prier pour faire venir la pluie.

Le lendemain soir j'ai fait monter mes premiers clients, un noir et sa copine. Le noir m'a demandé de les conduire au carrefour de la Quatre-vingt-seizième Rue et de Central Avenue. Quand j'ai consulté mon plan de la ville, il m'a dit :

— T'essaies de me faire croire que tu sais pas où est le carrefour de Central et de la Quatre-vingt-seizième ?

Je lui ai répondu que j'étais nouveau en ville.

— Je vais te guider, il a fait. Tourne à gauche dans la prochaine rue.

J'ai suivi ses directives pendant deux heures, jusqu'à San Bernardino ; là, il m'a dit de m'arrêter dans un décor totalement désert, sans lampadaire ni trottoir. J'ai senti le canon d'un revolver contre mon oreille et il m'a ordonné de descendre de voiture. Sa copine m'a fouillé et pris tout ce que je possédais, neuf dollars. Puis ils sont partis avec le taxi, m'abandonnant dans ce paysage qui ressemblait à la Vallée de la Mort.

Comme les premières lueurs de l'aube éclairaient le ciel à l'est, une voiture de police est arrivée en silence derrière moi alors que je marchais vers ce qui ressemblait aux lumières d'une ville lointaine. J'ai passé trois heures au commissariat de San Bernardino à me faire cuisiner par deux inspecteurs qui me soupçonnaient d'être un marin descendu à terre sans autorisation ou d'essayer d'échapper au service militaire. Le statut F-4 de ma carte d'appelé ne les a guère impressionnés. Ils ont pris mes empreintes digitales et passé leurs fichiers au peigne fin. Ils m'ont relâché à midi sans m'avoir donné le moindre petit déjeuner, pas même une tasse de café, et m'ont dit de ficher le camp hors de la ville. Des vrais salauds : ils ne m'ont même pas indiqué la direction à suivre.

Quand je suis sorti dans la rue, je me suis mis à interroger les passants. Vu que personne ne semblait savoir comment sortir de San Bernardino, j'ai fini par trouver tout seul. J'ai fait du stop pendant une heure avant qu'un camion ne s'arrête. Le routier n'allait pas à Los Angeles, mais à Wilmington. Ça m'allait. Tout, plutôt que de rester à San Bernardino. Quand je lui ai dit que je m'étais fait voler puis coffrer par les flics, il a rigolé. « T'es un verni », il a fait en me déposant sur Wilmington Boulevard.

Wilmington croupissait dans une paranoïa aiguë, due à l'impact de la guerre sur cette ville portuaire. Elle ne semblait pas tant bâtie selon un schéma rationnel que déversée comme une charretée de rues et d'immeubles. D'énormes camions fonçaient sur la chaussée, traversaient en rugissant des carrefours surpeuplés où soldats, marins et civils ignoraient les feux de la circulation parmi les klaxons déchaînés et les conducteurs furibards. Je me laissais porter par la foule, suivais son courant le long d'Avalon Boulevard. Fatigué, crasseux, hébété, je surnageais comme un bouchon entre les puits de pétrole, les usines, les scieries, les monceaux de courroies et de tuyaux d'acier, les rangées de tanks et de camions militaires qui s'étendaient à perte de vue, les salles de billard et de poker, les parkings de voitures d'occasion, et jusqu'au manège et la grande roue d'une foire. Le rire des femmes jaillissait des bars, inondait les rues. Les tapineuses s'adossaient aux porches, les ivrognes se vautraient dans le caniveau, des flics souriants battaient le pavé en surveillant les alentours. Où étais-je donc ? A Liverpool ? Singapour ? Marseille ? J'ai pensé à mon père, il aurait adoré cet endroit singulier — les salles de jeux, les bars, les immeubles qui semblaient jaillir du moindre terrain vague.

La faim. J'ai senti l'odeur de sauce tomate et de pizza qui sortait d'un restaurant italien. J'ai tourné au coin de la rue pour m'engager dans la venelle et rejoindre l'arrière du restaurant. Quand j'ai frappé à la porte grillagée noire, un essaim de mouches se sont envolées en bourdonnant, et j'ai aperçu le visage d'une Italienne qui me regardait, une femme boulotte, la quarantaine bien sonnée, ronde comme une boulette de viande. Je suis prêt à travailler pour manger, je lui ai dit. Ebahie, elle plissait le front. J'ai faim, je lui ai dit. Elle a ouvert la porte et m'a montré trois poubelles pleines à ras bord en m'intimant de les sortir. Je les ai mises dans la venelle en les faisant rouler parmi les mouches extatiques. Au billot, elle a rapidement coupé en deux une miche de pain, retiré sa mie, puis bourré le trou avec du pastrami et de la crème de fromage. Je l'ai remerciée et lui ai dit que je cherchais un emploi. Plongeur expérimenté, j'ai annoncé. Elle a ouvert la porte et m'a invité à sortir. J'ai marché dans la venelle jusqu'à un parking de remorques où un tuyau d'arrosage noir courait parmi les herbes folles comme un serpent, et je me suis assis sur un châssis de remorque pour manger mon sandwich en buvant l'eau tiède du tuyau.

Au port, à un mile de là, je suis tombé sur les conserveries Toyo. Il y avait une pancarte : ON CHERCHE : conducteurs d'engins, ouvriers.

Je serai donc ouvrier. Mais pas hottier. Ni tailleur de pierres. Ni poseur de briques. J'entendais le vieux pérorer : apprends un métier, distingue-toi. Oh merde ! papa. J'ai pas encore vingt ans, donne-moi un peu de temps.

Le type s'appelait Coletti. Basané, peut-être sicilien. Contremaître au recrutement. Paisan, j'ai souri. Ça ne lui a pas plu. Je cherche du boulot. Y a pas de boulot, il a répondu. Mais la pancarte dehors... Peut-être demain, il a dit.

Je suis ressorti dans la rue et me suis dirigé vers la ville, en remontant Avalon Boulevard. A quoi bon ? J'ai trouvé un banc à un arrêt de bus. J'allais appeler Virgil en PCV pour lui demander de m'envoyer de l'argent. Non, il le dirait à maman, ce qui ne me gênait pas, mais le vieux finirait par découvrir le pot aux roses. Ça le ferait rigoler. Je l'avais pourtant prévenu, il dirait, mais il a pas voulu écouter son père.

Je me suis levé et suis reparti sur mes pieds douloureux. J'ai rencontré un autre clodo comme moi. Par cette fin d'après-midi torride, il portait un long manteau dont les poches étaient bourrées de tout un bric-à-brac.

— Hé, où est-ce que je pourrais trouver à manger ?

— Y a plein de restaurants, il a répondu.

— J'ai pas le rond.
— Moi non plus.
— Tu manges où ?
— A la mission du Saint-Esprit.
— Où est-ce ?
— Suis-moi.

La Mission du Saint-Esprit se trouvait dans Banning Street, entre deux monts-de-piété. Ç'avait jadis été un magasin. Une foule d'une trentaine d'hommes, tout aussi élégants et rasés d'aussi près que moi, se pressaient devant la porte. Certains, assis sur le trottoir, s'adossaient à la vitrine du magasin. A sept heures la porte s'est ouverte et M. Atwater, un noir, nous a dit d'entrer. Il y avait un podium, où se tenait Mme Atwater avec une guitare. Nous nous sommes assis sur de longs bancs, on nous a donné des livres de cantiques, et Mme Atwater a guidé nos chants. Puis M. Atwater s'est campé devant nous pour évoquer la miséricorde divine, l'importance de la foi et les méfaits de l'alcoolisme. C'était un gros à la voix douce et à la barbiche blanche, un homme bon et généreux.

Après le sermon on nous a guidés derrière une cloison vers une sorte de réfectoire meublé de longues tables et de bancs. Là, deux femmes nous ont servi des grands bols de ragoût de bœuf, un quignon de pain et une pomme par personne. Tout cela était gratuit et se répétait chaque soir à sept heures. J'ai poussé un soupir soulagé. Je tenais la solution de mon problème.

Cette nuit-là j'ai dormi dans un parking de voitures d'occasion d'Avalon, sur le velours de la banquette arrière d'une vieille Cadillac, lit confortable et assez long. Le lendemain matin à huit heures, de retour à la conserverie Toyo, je me suis planté devant le bureau de M. Coletti. Il a levé les yeux.

— Rien aujourd'hui, il a dit.
— Demain ?
— On sait jamais.

Ça m'a encouragé. Ce Coletti me plaisait bien. Nous nous parlions presque sur un pied d'égalité. Tous les matins je quittais ma Cadillac et je descendais jusqu'à la Toyo pour tailler une bavette avec lui. Nous n'échangions jamais un mot plus haut que l'autre. Il regardait parfois mes vêtements, ce fameux costume gris que je portais depuis mon arrivée à Los Angeles, maintenant froissé, sale et déformé. « Y a rien aujourd'hui, il disait. C'est le calme plat. » Et puis un jour il m'a confié un secret de production. « Pas de poissons, il a fait. On attend le retour des bateaux. » Ça m'a requinqué. On venait de me confier une information confidentielle. Le boulot n'allait plus tarder. Ma patience serait bientôt récompensée. Désormais je n'avais plus besoin de chercher un autre emploi. Dieu savait que je m'étais décarcassé.

Pourquoi m'avait-on rejeté ? Cela tenait-il à mes vêtements ? A mon visage ? Je l'examinais dans la vitrine des magasins, le chaume sombre de ma barbe, mes joues caves, le halo de la défaite. Etais-je vraiment à ce point répugnant ? Mon apparence trahissait-elle un mystérieux antagonisme, une haine du monde ? J'en étais même venu à redouter tout contact avec les patrons et les employeurs éventuels. Seuls Coletti et M. Atwater m'acceptaient, me prodiguaient espoir et nourriture. Je marchais dans les rues. J'ai trouvé une bibliothèque publique où je lisais pendant des heures, puis je passais à la Mission du Saint-Esprit pour dîner. J'ai envisagé de mendier, car j'avais vu des gars qui faisaient la manche récolter de jolies sommes d'argent, et puis ça paraissait facile. Mais je n'ai pas eu le courage de les imiter. J'avais trop honte. Même l'époque exaltante où je survivais à Los Angeles en lavant la vaisselle semblait désormais inaccessible.

J'avais déjà passé un mois à Wilmington quand Coletti m'a annoncé une bonne nouvelle.

— Tu commences demain. Sois ici à sept heures.

J'ai failli lui embrasser la main, mais je lui ai seulement répondu :

— Merci.

Quand je suis ressorti de son bureau, la joie et la douleur explosaient dans ma poitrine ; j'ai longé les quais où les dockers chargeaient les navires, des hommes poussaient des diables, ils riaient et blaguaient en travaillant, et je riais aussi car j'étais l'un d'eux, j'avais un emploi, j'appartenais de nouveau à l'espèce humaine. A la Mission du Saint-Esprit j'ai chanté à pleins poumons, et pleuré quand M. Atwater a parlé de la miséricorde divine. Au moment où ils ont distribué les belles pommes rouges de Washington, j'ai reçu la mienne comme une timbale sacrée, trop sainte pour être dévorée.

Une vieille dame, dont les dernières dents ressemblaient à des crocs, était assise à côté de moi. Je lui ai dit gentiment : « Aimeriez-vous une autre pomme ? » Elle a opiné du chef avec un sourire, puis accepté ma pomme, qu'elle a mise dans son sac en papier. Je me suis senti anobli. J'avais donné quelque chose au lieu de prendre.

Il a bientôt été l'heure de dormir, de me retirer dans mes quartiers pour me préparer à ma première journée de travail. Alors que j'entrais dans ma Cadillac et m'installais sur ma banquette, le directeur du parking m'a saisi par le col et ordonné de déguerpir. Il brandissait une manivelle comme pour me défoncer le crâne.

— Fous-moi le camp d'ici, espèce de vermine. La prochaine fois j'appelle les flics.

Quand on est un vagabond, on remarque les endroits où l'on pourrait dormir le cas échéant — immeubles abandonnés, sous-sols accessibles, cabanes. J'avais noté mentalement un tel endroit — une planque sous un pont près de la rivière Tucker, laquelle n'était pas un cours d'eau sauf quand il pleuvait.

Sur le chemin du pont de la Tucker, je me suis arrêté au terminus de la Catalina Steamship pour faire le plein de cigarettes. Ce terminus était sans conteste la meilleure source de cigarettes de tout le port. On y trouvait les meilleures marques — Pall Mall, Tareyton, Chesterfield — en grande longueur et quantité illimitée. C'était l'heure idéale pour s'approvisionner, car le *Catalina* venait de revenir de l'île, et les passagers avaient embarqué. Je n'ai pas été déçu. Le sable de chaque cendrier était plein de splendides mégots, je suis passé de l'un à l'autre en choisissant mes marques préférées et en bourrant les poches de mon manteau. Ç'avait été une bonne journée pour moi. Ce nouvel emploi, un excellent repas au Saint-Esprit, et assez de cigarettes pour tenir jusqu'au lendemain soir.

Une lune onctueuse illuminait le port quand je me suis frayé un chemin à travers les herbes et le sable jusqu'à l'entrée du pont de la Tucker. La rivière se réduisait à un filet d'eau sale qui serpentait sur le sable blanc. Quelqu'un avait tiré une barque sous le pont, et l'avait recouverte d'une bâche. Je l'ai enlevée pour la plier en forme de matelas. J'étais comme un coq en pâte sous ce pont ! Des rayons de lune jaunes filtraient par les deux ouvertures, l'eau riait comme les vaguelettes de la marée éclaboussaient les piles du pont.

Allongé sur le dos, j'ai réfléchi à l'avenir. Il faudrait remettre à plus tard mes travaux d'écriture. Dans l'immédiat l'important était de survivre. Alors je me suis juré de ne plus jamais être pauvre. J'allais travailler d'arrache-pied pour Coletti et la conserverie Toyo. J'allais mettre de côté presque tout mon salaire. Je ferais tintinnabuler les piécettes dans ma poche et mettrais les dollars à la banque. L'argent allait me couvrir le corps, submerger ma vie. J'allais devenir invincible. Plus jamais je ne souffrirais. J'étais encore un jeune homme. Le 8 décembre, dans un mois, j'aurais vingt ans. J'avais toute la vie devant moi. Et enfin le sort semblait me favoriser. Le sourire aux lèvres, j'ai récité un « Notre Père ».

Une morsure m'a réveillé. Quelque chose sur ma jambe. Je me suis assis. Quelque chose a pincé ma main, mon petit doigt. J'ai ramené vivement la main vers mon corps. Je l'ai regardée. Une bête, un animal, un truc me pinçait le doigt. Un machin marron. Ça s'accrochait. Je l'ai frappé contre le bateau. Il est tombé. Je me suis assis. J'en étais couvert. Ils étaient sur mes jambes, sous mon pantalon, ils mordaient, pinçaient, rampaient. Je les ai sentis sur mon scrotum. J'en ai arraché un dans mes cheveux. J'ai bondi sur mes pieds en hurlant. Ils tombaient de mes vêtements. Avec un bruit mat. Je sautais sur place. Criais de terreur. Je suis sorti de sous le pont en courant, j'ai arraché mes vêtements dans la lumière du jour. J'ai vu la circulation. J'ai retiré mon pantalon, ma chemise, mon caleçon. Nu et paniqué, je frottais du sable contre les petits trous sanguinolents de mon corps, je courais comme un dératé, me roulais dans les herbes et le sable, hurlais comme un chien fou. Alors j'ai entendu la sirène. Aperçu le gyrophare rouge. Vu la voiture de police qui descendait en rugissant et soulevait des gerbes de sable. Deux flics armés de matraques se sont rués vers moi. « Mes vêtements ! » j'ai dit en les ramassant précipitamment — une chemise, mon manteau, mon pantalon — les flics faisaient des pieds et des mains pour me retenir tandis que je filais de gauche et de droite, à quatre pattes. Ils ont fini par me saisir sous les aisselles pour me traîner vers la voiture de police. Ils ont ouvert la portière et m'ont balancé à l'intérieur, avec les vêtements que je serrais entre mes bras. J'ai caché mon entrejambe avec mon manteau et me suis mis à trembler comme une feuille alors que la voiture démarrait sur les chapeaux de roue. Je claquais des dents, je sentais que j'allais mourir, mais voulais désespérément vivre.

Ils m'ont conduit à la salle des urgences de l'hôpital, la voiture s'est arrêtée brusquement dans un grand bruit de freins.

— Mets ton froc, m'a dit le plus vieux des deux flics.

J'ai tripoté mon paquet de vêtements pleins de sable, je claquais toujours des dents, mes mains tremblantes répandaient du sable sur la banquette et par terre. Le vieux flic était furieux. « Fais un peu gaffe de pas mettre du sable partout ! » Il a déplié une couverture et ouvert la portière. Quand je suis sorti, il a lancé la couverture sur mes épaules.

Ils m'ont escorté jusqu'à une porte de la salle des urgences, puis le vieux flic a arraché la couverture. Il l'a jetée par terre d'un air dégoûté. Le toubib m'a regardé serrer mes vêtements sur le devant de mon corps.

— Ce coup-ci, on vous amène une beauté, doc, a dit le vieux flic en souriant.

Le médecin était un type blond d'une trentaine d'années, en blouse bleue. Un ongle a gratté doucement la chair de mon épaule. Ma peau crasseuse était gris verdâtre, comme un maquereau.

— T'as déjà pris un bain ? a demandé le toubib.

— Dans le temps je me baignais tous les jours.

— Pose tes vêtements sur la chaise et suis-moi.

J'ai laissé tomber mes nippes sur la chaise et je l'ai suivi dans le couloir jusqu'à une douche. Il m'a tendu un pain de savon et une serviette. Je suis entré sous l'eau brûlante. Je ne me suis jamais senti aussi proche du paradis. J'ai cessé de trembler et commencé de revoir la couleur rose de ma peau. Je me suis séché avant de retourner à la salle des urgences. Les flics étaient toujours là, à fumer et bavarder avec le médecin. Je me suis allongé sur une table et il a nettoyé mes plaies avec un antiseptique jaunâtre pendant que le vieux flic entamait son interrogatoire : nom, adresse, statut militaire.

Calmement il m'a demandé :

— Depuis combien de temps tu fais ça ?

Je l'ai regardé.

— Quoi donc ?

— De l'exhibitionnisme.

Je me suis assis.

— J'ai jamais fait ça !

Je tremblais à nouveau de tous mes membres en leur racontant l'attaque des crabes. Ça les a amusés, mais guère convaincus. Je leur ai montré mes bras et mes jambes pour les persuader que je disais vrai. Mais ça n'a pas impressionné les flics.

— Il a pu se faire ça lui-même, a dit le vieux flic en se tournant vers le toubib. Qu'en pensez-vous, doc ?

La gorge serrée, l'estomac noué, j'ai lancé un regard suppliant au médecin. Il s'était montré plutôt amical et paisible ; c'était un professionnel, pas un flic. Alors je lui ai hurlé au visage :

— Dites-leur !

Son regard a fait la navette entre les deux flics et moi, puis il s'est remis à tamponner les plaies.

— Je ne crois pas qu'il se soit fait ça lui-même, il a dit. Mais je ne crois pas davantage que des crabes l'aient attaqué.

La douleur m'a poignardé, j'ai senti les larmes venir. Dieu tout-puissant, par pitié ne me faites pas pleurer. Faites que je supporte ça en homme, comme mon père !

Brusquement le vieux flic a sauté en l'air.

— Jésumarie ! il a crié en fixant le sol.

Un crabe rampait vers lui en filant sur le carrelage brillant. Un autre se précipitait vers la porte entrebâillée. Un troisième se faufilait hors de la jambe de mon pantalon, ses antennes frémissaient pour explorer ce territoire inconnu. Alors j'ai crié. Je me suis assis, j'ai pris mes genoux entre mes bras et j'ai hurlé parce que tous les gens étaient pourris jusqu'à l'os et que les seuls à venir à mon secours étaient ces petites bestioles qui m'avaient causé tous ces ennuis, les crabes.

Mes hurlements ont glacé les flics. Ils sont sortis à reculons pour se réfugier dans leur voiture. Par la fenêtre je les ai vus assis devant, la tête inclinée en arrière, la casquette sur les yeux.

Le toubib s'est lavé les mains. Il semblait soucieux pendant qu'il se les essuyait sur une serviette.

— Je vais encore jeter un coup d'œil à ces morsures de crabe, il a suggéré avant de marmonner des paroles indistinctes en m'examinant.

— Je crois que je vais te faire une piqûre contre le tétanos, il a dit. Tu en as déjà eu une ?

Je lui ai répondu que oui, deux ans plus tôt. Je me suis allongé sur le ventre et il m'a piqué dans le gras de la fesse. Ça a fait un peu mal, et je me suis rassis.

— C'est fini ?

— Pas encore. Maintenant, on passe à la pénicilline.

Il m'a piqué au bras.

— Bon, maintenant tu peux te rhabiller.

J'ai pris mon pantalon plein de sable. Quand je l'ai tenu en l'air, il était obscène et répugnant.

— Si les flics sont d'accord, je préfère autant garder leur couverture.

— Je vais m'occuper de ça, a dit le toubib.

Il est parti dans le couloir, puis est revenu avec une paire de Levi's, un chandail gris, un caleçon et des chaussettes. Tout ça était vieux, mais propre. Je l'ai remercié et me suis habillé tandis qu'il chassait les crabes avec un chiffon imbibé de chloroforme.

On s'est dit au revoir, j'ai rejoint la voiture de police et ils m'ont emmené au poste de Wilmington. Là, on m'a mis en prison pour vagabondage. Je me suis retrouvé dans une cellule avec quatre autres types, et vers midi le panier à salade est venu nous chercher pour nous emmener à la prison centrale de Lincoln Heights, à Los Angeles.

J'ai pensé à la conserverie Toyo, à tout ce que j'avais brodé autour d'elle, à mes visions qui pourrissaient maintenant sur le quai, tout ce fer-blanc et cette merveilleuse puanteur de poisson, d'eau de fond de cale, de crasse et de goudron ; j'ai pensé avec émotion à Coletti, qui croyait en moi, et je me suis demandé si j'étais vraiment aussi vieux que j'en avais l'impression. J'ai regardé les autres prisonniers dans le fourgon. Ils s'étaient fait arrêter à cause d'une rixe — ils avaient les yeux au beurre noir, les phalanges bandées, des pansements sur la tête. Nous formions une bande sinistre dans ce fourgon qui roulait sous le soleil brûlant.

Le terminus du voyage était le caveau des alcoolos de Lincoln Heights, une très grande cellule où des hommes fatigués attendaient vautrés sur des bancs de bois, ratatinés dans leurs vêtements.

Le lendemain matin, cinquante d'entre nous ont comparu devant le juge du tribunal de l'Aube. Quand on a appelé mon nom, je me suis avancé et j'ai plaidé coupable pour l'accusation de vagabondage. Je n'avais pas vraiment le choix. Si j'avais plaidé l'innocence alors que je n'avais pas l'argent de la caution, le juge m'aurait condamné à deux mois de prison en attendant la date de mon procès et la nomination d'un avocat. Le juge m'a condamné à payer dix dollars d'amende ou à faire cinq jours de prison.

Le matin du quatrième jour je me suis réveillé dans le caveau des alcoolos pour découvrir une vieille connaissance, arrivée pendant la nuit. C'était Hernandez le dingue, l'écrivain-plongeur, qui fumait une cigarette, assis sur son banc. Il m'a sauté dessus comme si nous étions de vieux amis très chers, et il s'est mis à danser avec moi dans toute la cellule. Hernandez était accusé de détention de marijuana. Non seulement il était en prison à cause de ça, mais il en fumait sous mon nez, en cachant son joint dans la coupe de ses mains. Telle était l'explication de son enthousiasme lors de nos retrouvailles. Essayant de tirer parti de son euphorie, je lui ai demandé de me prêter un peu d'argent.

— Toute ma fortune !

Il a retiré sa chaussure, puis en a sorti un billet, qu'il a fait claquer contre ma paume. Un dollar.

— Et y en a encore plein à l'endroit où était celui-ci ! il s'est vanté.

Il se trompait. J'ai vu l'intérieur de sa chaussure, elle ne contenait plus rien du tout.

Ah, ce Hernandez ! Il ne se doutait pas de l'importance qu'avait son dollar pour moi le matin où je suis sorti de prison — un billet de tramway jusqu'au port, pas d'auto-stop, et pas davantage la terreur de me faire à nouveau alpaguer par les flics, un trajet confortable jusqu'à la conservérie Toyo et mon ami Coletti.

Il lisait des papiers à son bureau.

— Bonjour, monsieur Coletti, j'ai dit.

— Je croyais que tu voulais bosser.

— J'ai été malade, hospitalisé.

— C'est vrai que t'as pas bonne mine.

— Je me sens en forme.

— Va voir Julio à l'entrepôt.

Julio était aide-contremaître, il dirigeait dix hommes, six Mexicains et quatre Philippins. Ils chargeaient un wagon avec des cartons remplis de conserves de thon. J'ai pris ma place dans l'équipe. Les autres ouvriers lançaient ces cartons comme des ballons de basket. Ils rigolaient et blaguaient sans discontinuer. Mais je devais faire appel à toutes mes forces pour hisser chacun de ces cartons. Ç'a été une longue journée ; quand elle a pris fin, je ne pouvais plus plier les doigts.

Je suis allé voir Coletti dans son bureau. Il enfilait son manteau.

— Alors ?

— Vous pourriez pas me payer pour aujourd'hui ?

— C'est pas dans les habitudes de la maison.

— Faut que je trouve une chambre.

— Bon Dieu, t'es vraiment dans la mouise, petit.

Il m'a tout de même donné six dollars, pris dans le tiroir-caisse.

10

Je ne suis arrivé à rien aux conserveries Toyo. Je me suis senti humilié. Je n'ai pas tenu le coup. Le travail était trop pénible pour moi. A dix-huit ans, lors de ma dernière année de lycée, je pesais quatre-vingts kilos, je n'étais certes pas un colosse, mais un type solide, râblé, aux muscles durs et aux jambes épaisses, un arrière coriace, un joueur de base-ball rapide. A la conserverie ils jouaient à un autre jeu. Les Philippins nerveux, les Mexicains infatigables m'ont ridiculisé et j'ai eu honte, et je me suis injurié en vain. Ils manipulaient facilement des sacs de gros sel qui pesaient cent kilos pendant que je titubais, le visage bleu, et les faisais régulièrement tomber de mon dos. Ils pelletaient de la glace pilée durant des heures tandis que je me reposais, hors d'haleine. Julio, mon patron, m'observait tranquillement sans rien dire. Les autres ouvriers remarquaient aussi mes accès de faiblesse et faisaient comme si de rien n'était. Ils attendaient la fin de mon calvaire, ils attendaient que je jette l'éponge. Même Coletti s'est mis à venir sur le lieu de travail ; de l'embrasure d'une porte il nous regardait faire pendant un moment, puis il disparaissait. Le jour est arrivé où nous devions retirer des tonnes de glace de la cale d'un thonier à demi coulé. En cuissardes nous avons pataugé dans l'eau glacée pendant deux jours. Je me suis arrêté de travailler pour me reposer sur une pile de sacs et je me suis endormi. Julio m'a réveillé. Le boulot était terminé, toute la glace déblayée. Frigorifié, je tremblais. Coletti voulait me voir.

— T'es viré, il a dit en me tendant un chèque.

Je travaillais aux conserveries Toyo depuis deux semaines et deux jours. Le chèque représentait le salaire de trois semaines complètes.

— Un petit bonus, a dit Coletti.

Et maintenant ? Moi qui n'étais même pas capable de pelleter de l'engrais à base de poisson, quelle place avais-je donc sous le soleil ? Je me suis rappelé une autre époque de ma vie, les heures bénies passées en compagnie de Dostoïevski, et j'ai compris que tout cela était définitivement révolu. Concierge, peut-être ? Gérant d'un modeste tabac ? Groom ? Mon grand-père, le père de mon père, avait été rémouleur itinérant dans les Abruzzes. Etait-ce mon destin à moi aussi ? Soudain j'ai eu envie de rentrer à la maison, de retourner vivre chez mon père, de retrouver les bras de ma mère, son minestrone, mon bon vieux lit, où je pourrais passer le restant de mes jours. Mais c'était impossible. Comment leur faire face ? J'avais écrit quelques lettres à ma famille au début de mon aventure — toutes étaient un tissu de mensonges. Jamais je n'aurais pu répondre à leurs questions.

Tout est arrivé à point nommé. J'ai débarqué à San Elmo trois heures après avoir attrapé la grippe. Ma mère s'est retournée devant l'évier de la cuisine et m'a découvert sur le seuil.

— Henry ! Mon Dieu, que t'arrive-t-il ?

Elle m'a mis au lit. Elle m'a apporté de la soupe chaude. Elle a appelé le docteur Maselli. Il a laissé des antibiotiques. Quand je me suis réveillé, mon père me regardait.

— Comment te sens-tu ?

— En pleine forme, j'ai répondu.

— Combien de temps vas-tu rester ?

— Le plus longtemps possible.

— Tu veux travailler pour moi ?

— Pas pour l'instant.

— Dors. On en reparlera.

J'ai mangé et dormi. Parfois je dormais et puis je mangeais. Alors mon côlon s'est contracté. Ma mère m'a préparé un lavement. Ça n'a rien donné. Elle m'en a préparé un autre. Enfermé dans la salle de bains, je me le suis administré. Victoire ! J'ai tout lâché dans un grand rugissement. De l'autre côté de la porte, ma mère applaudissait.

— Merci mon Dieu, oh, merci mon Dieu !

On aurait dit que cette purge m'avait débarrassé de tous mes ennuis — les poisons du corps, les abominations de l'âme. Ce matin-là je me suis senti propre et pur. J'ai installé une table de bridge près de la fenêtre et je me suis mis à écrire.

J'écrivais à la main sur le papier rayé d'un cahier d'écolier, car j'ignorais tout et n'avais cure des machines à écrire. Ma pratique du crayon me suffisait ; le résultat était propre, douloureux mais propre. En deux jours j'ai eu fini : une nouvelle sur la conserverie Toyo, les types et les filles qui y bossaient, plus une liaison amoureuse entre mon patron Jose et une Mexicaine. Quand ç'a été fini, je me suis arrêté pour voir ce que j'avais créé. Non, ce n'était pas du Fiodor Dostoïevski. Je ne savais pas très bien ce que c'était. Un pastiche. C'était du Jack London, du Raymond Chandler, du James M. Cain, du Hemingway, du Steinbeck, du Scott Fitzgerald. On discernait même de vagues traces de Henry Molise. Une merveille, une splendeur. Qu'en faire ? Quel journal me proposerait la plus forte somme ? Le *Saturday Evening Post,* bien sûr. Je l'ai envoyé, le cahier d'écolier et tout le tintouin.

On me l'a retourné si vite que je me suis demandé si mon cahier avait réellement quitté la ville pour aller jusqu'à Philadelphie. Le formulaire de refus m'a fait sourire. C'était sans importance. J'avais une autre nouvelle prête à être postée. La plus récente est partie au *Saturday Evening Post,* la première à *Collier's.* En deux mois — repoussant d'une main le paternel pour écrire de l'autre — j'ai pondu cinq nouvelles sur la conserverie, le port de Los Angeles, les Philippins et les Mexicains. Pas la moindre réponse du *Post* ni de *Collier's.* Pas le moindre commentaire écrit pour reconnaître mon existence. J'ai examiné en détail chaque page de mes manuscrits refusés. Impossible de repérer la moindre empreinte digitale, tache ou marque quelconque. Sale époque. Le vieux m'observait comme on épie un chien indésirable qu'on ne peut néanmoins pas chasser, un chien qui mangeait trop et laissait des poils sur le divan. Autrefois il râlait parce que je lisais trop, maintenant il ricanait parce que j'écrivais trop. Alors j'ai pris mon courage à deux mains pour une ultime tentative. J'ai terminé l'histoire d'Hernandez le dingue, et je l'ai envoyée aussi sec au *Post.* Ce dernier manuscrit représentait mon ultime espoir d'échapper à la brique, à la pierre, au ciment. Ma nouvelle m'a été retournée encore plus vite que les autres. Je me suis assis sur les marches de la véranda pour déchirer l'enveloppe marron. Alors j'ai reçu un choc. Car une lettre accompagnait mon manuscrit.

La voici :

Cher M. Molise,

Qu'avez-vous donc contre la machine à écrire ? Si vous acceptiez de dactylographier ce manuscrit sur des feuilles de papier standard 21 × 29,7, je l'examinerais à nouveau avec plaisir. Sous sa forme actuelle, l'imprimeur n'en voudra jamais.

Bien à vous.

Je me suis forcé à marcher lentement jusqu'au *San Elmo Journal.* Mon cœur battait la chamade, j'avais peur de m'écrouler raide mort dans la rue avec l'histoire d'Hernandez le dingue serrée sous le bras. J'ai passé mon manuscrit à Art Cohen, le rédacteur en chef du *Journal* et mon ancien prof d'anglais au lycée. Il m'a accompagné jusqu'à une machine à écrire dans le fond du bureau et m'a installé devant. Pendant une demi-heure il m'a initié au fonctionnement de cette machine. Ensuite, j'ai dû me débrouiller seul. J'avais mis deux jours à écrire l'histoire d'Hernandez le dingue. J'en ai mis dix à la dactylographier sans coquille. Mais qu'étaient dix jours ? Quand le chèque arriverait, j'irais à San Francisco et je prendrais une chambre à North Beach. J'achèterais une machine à écrire, je m'installerais devant une fenêtre donnant sur la baie, et j'écrirais. Le plus jouissif, ce serait d'être dispensé de porter des briques, de préparer le mortier et de tripatouiller du ciment frais.

Répète voir, Dostoïevski ? Le *Saturday Evening Post* ne te plaît pas ? Eh bien, laisse-moi te dire une bonne chose, Fiodor. J'ai lu tes articles de 1875 ; franchement ils étaient assez nuls et commerciaux, mais ils t'ont rapporté plein de roubles. Alors n'ayons pas honte de cette nouvelle du *Post*. Tu as fait bien pire en ton temps...

Allongé là dans le berceau obscur du matelas maternel, je respirais le doux parfum de ses cheveux, et voilà qu'il est revenu, mon obstiné de père, il essayait encore de m'entraîner dans ces montagnes mortelles où le ciment attendait, où un crétin voulait se faire construire un fumoir. C'était le cas de le dire : j'étais maintenant au pied du mur. Au bout de trente ans, je voyais enfin la lumière. J'étais enfin devenu hottier.

11

Du bruit m'a réveillé au matin — de lourds godillots qui traînaient sur le plancher devant ma fenêtre, le fracas sourd du bois de construction, le beuglement de voix, des rires. Un soleil brûlant, plein de méchanceté, embrasait déjà le ciel et tentait de filtrer à travers les volets.

J'ai trouvé une vieille robe de chambre en flanelle dans le placard de ma mère, et je suis sorti sur la véranda. Zarlingo, Cavallaro et mon père transportaient du matériel de construction jusqu'au Datsun garé devant la maison, puis le hissaient dans le camper — des planches, des pelles, des auges à mortier, une brouette, des outils. Ils transpiraient dans la chaleur matinale ; le dos de la chemise kaki de papa était trempé de sueur tout du long, son visage aussi rouge qu'une rose.

Ils se sont arrêtés près du Datsun pour s'essuyer le visage et boire un coup de bière en boîte. Le ciel sans nuage, immense et frémissant, était un drap de feu bleu. Ils ont mis une bonne minute à remarquer ma présence.

— T'es pas encore habillé ? a fait mon père.

— Non, j' suis pas encore habillé.

— Pourquoi tu vas pas t'habiller comme tout le monde ?

— Je viens de me réveiller. Ça te dérange ?

— Tu bosses pour moi, oui ou non ?

— On n'est pas encore dans les montagnes.

Zarlingo a jeté un coup d'œil dans le camper.

— Oh merde. Y a plus de bière.

— Allons faire un tour au *Roma,* a dit papa. De toute façon, je préfère la pression.

Il me considérait en plissant les yeux dans la lumière éblouissante.

— Habille-toi normalement. Ça, c'est la robe de chambre de ta mère. Enlève-moi ce machin. On part dans une heure. Tâche d'être prêt.

Ils sont montés dans la cabine, Zarlingo s'est installé au volant. Tout ça ne me disait rien qui vaille. L'air frémissait de vibrations diaboliques. Alors que le camper s'éloignait, j'ai crié. Zarlingo a freiné et s'est arrêté. Nick a passé la tête par la fenêtre.

— Quoi encore ?

Du menton, j'ai désigné ses deux amis.

— Ces deux pochards bossent aussi pour toi ? Si c'est le cas, je te file ma démission tout de suite.

— Ta démission ? il a explosé. Alors que t'as même pas commencé !

— Alors, ils bossent pour toi, oui ou non ?

Zarlingo a posé une main apaisante sur le genou de papa, comme pour le retenir.

— Laisse-moi causer à ce gamin, Nick.

Il s'est tourné vers moi.

— Ecoute, fiston. Nous ne bossons pas pour ton paternel.

— M'appelle pas fiston, j'ai dit.

— On essaie seulement de lui filer un coup de main, il a continué. T'as pigé, morveux ? Alors tu ferais aussi bien de la boucler et de te barrer, hein ?

— Mannaggia ! a beuglé mon père en descendant d'un trait du Datsun pour se poster sous mon nez et me postillonner au visage. Quelle saloperie t'essaies donc de me faire ? Ces gars sont mes potes. Ils me rendent service, ils trimbalent toutes mes affaires jusqu'au chantier, et gratis en plus ; alors de quel droit que tu leur causes comme ça ? Sers-toi de tes méninges. Montre-leur un peu de respect.

Vexés et boudeurs, Zarlingo et Cavallaro regardaient droit devant eux. Papa avait beau les défendre, c'étaient deux vieux salopards malfaisants et indignes de la moindre confiance, on ne pouvait pas s'adresser poliment à eux, mais je l'ai dit quand même, pour faire la paix.

— Excusez-moi.

Ils sont restés rigides, de glace. Mon père est remonté dans la cabine. « Tirons-nous d'ici », il a dit. Zarlingo a embrayé ; comme la camionnette s'éloignait, mon père a passé la tête par la fenêtre.

— Habille-toi, bordel. Et retire-moi cette robe de chambre.

J'en ai frémi ; ces affreuses vibrations me tenaient : toute cette histoire m'a semblé aussi stupide et implacable qu'un piège, un trou sombre où grouillaient des serpents à sonnettes. J'aurais dû sur-le-champ prendre mes jambes à mon cou, et même dans la vieille robe de chambre en flanelle de ma mère grimper dans le premier car qui quittait la ville.

Au lieu de quoi j'ai pris une douche, me suis rasé, puis j'ai mis les anciens vêtements de ma jeunesse — le pantalon en velours, le chandail, une paire de bottes cloutées déformées par l'usage et le temps. Comme cela m'a paru bizarre de remettre ces vieilles nippes, tel un serpent qui troquerait son ancienne peau contre une peau plus vieille encore. Ainsi me suis-je retrouvé dans la peau d'un vieillard de seize ans.

Ça a rendu ma mère perplexe. Ma tenue ne lui plaisait pas.

— Tu as l'air trop jeune, elle a dit.

— C'est dingue, comme impression.

Je voulais dire par là que j'avais la sensation de porter les vêtements d'un mort ; ils évoquaient la fin de mon adolescence, un temps de crise et d'inquiétude, la pauvreté de la famille au milieu de la prospérité paternelle, la fureur que je ressentais contre lui, la conviction qu'en définitive Dieu ne régissait pas le monde, le désir fou de réussite et d'amour charnel, l'envie de sauter les barrières du foyer et de la ville, de me transformer en un autre, d'écrire, de baiser et d'écrire.

Quand j'ai pris mon petit déjeuner, j'ai senti une modification de l'atmosphère naître de ce changement vestimentaire — les couteaux et les fourchettes de ma jeunesse, les assiettes, le manche lisse et usé du même couteau à pain, le crucifix décrépit accroché au-dessus des fourneaux — tout ça aussi vieux et poli et doux que la paume de ma mère. Elle m'a regardé boire mon café ; le trouble était dans ses yeux, elle ne savait plus qui j'étais.

— Tu n'es pas obligé de travailler pour ton père. Tu ne devrais peut-être pas.

— Je sais.

— N'oublie pas tes propres intérêts.

Je n'agissais ni par intérêt, ni par devoir. L'important était que j'avais vu la mort traverser le visage d'un vieillard qui s'accrochait sauvagement à la vie. Certes, il était têtu, capricieux, égoïste et un peu fou. Mais c'était malgré tout mon père. Si je l'abandonnais dans sa dernière tentative pour réussir, il risquait de mourir plus vite, et je ne voulais pas que cette ombre assombrît le restant de mon existence. En fait je n'avais jamais refusé de l'accompagner dans les montagnes. J'avais seulement laissé mes parents m'entraîner dans ce plan. Mon père avait droit à cet ultime et pitoyable triomphe, à cette petite maison de pierre dans les Sierras.

12

Comme il me restait une demi-heure avant le départ, j'ai décidé de faire une surprise à ma femme en rendant visite à sa mère. A quatre-vingts ans, Hilda Dietrich habitait seule un petit bijou de maison blanche, à quelques rues de chez nous. Cette maison, de taille modeste, avait cent ans ; une colonnade entourait la véranda immaculée, le chèvrefeuille et des rosiers grimpants couvraient les treillis du portique. Le sol était si impeccablement propre qu'on aurait dit une scène de théâtre. A partir des piquets blancs de la clôture du devant jusqu'à la haute haie d'eugénia qui bordait l'allée, s'étendait un acre de pelouse qui entourait des parterres de fleurs et de petits bassins pour les oiseaux. Aucune brindille ni la moindre feuille morte ne souillait l'herbe unie de la pelouse. Cette propriété était célèbre dans la région. Tout le monde photographiait cette pièce unique en Californie, entretenue avec passion par une vieille dame très fière qui en avait fait l'œuvre de sa vie.

Hilda Dietrich et moi partagions un sentiment qui nous liait pour la vie : nous nous détestions cordialement. Elle n'avait jamais pardonné à Harriet de m'avoir épousé, et je ne lui avais jamais pardonné d'être la mère de ma femme.

C'était mon côté italien que Hilda trouvait insupportable. San Elmo avait bien changé, mais quarante ans plus tôt un tiers des habitants de la ville avaient été italiens. Les sangs bleus de la région, les protestants américains — les Schmid, les Eicheldorn, Kisberg et autres Dietrich — avaient soudain découvert avec horreur que leurs voisins étaient des Ritals bruyants qui travaillaient aux chemins de fer de la Southern Pacific. Ils engendraient une nombreuse progéniture insupportablement basanée et avaient même poussé le culot jusqu'à construire une église catholique romaine pour célébrer leurs superstitions primitives.

A l'arrivée de la prohibition beaucoup de ces bronzés s'étaient lancés dans le trafic d'alcool. Ils avaient acheté de la terre, cultivé la vigne et acquis une respectabilité agaçante malgré quelques attentats à la bombe et deux règlements de comptes entre gangs rivaux. En 1926 la vitrine du *Café Roma* avait été soufflée par une bombe, et en 1931 un gangster du nom de Petresini avait été abattu au carrefour de Lincoln et de Vernon. Les balles qui ont tué Petresini se sont profondément enfoncées dans un poteau téléphonique, et ensuite chaque nouvelle génération de gamins a sondé les trous du bois comme saint Thomas posait un index perplexe sur les plaies du Sauveur.

Du temps de Franklin Roosevelt, Hilda Dietrich avait quarante ans ; c'était une mère et une femme d'intérieur, la digne épouse du révérend Herman Dietrich, pasteur du temple luthérien. Comme son mari, qui le proclamait haut et fort en chaire, Mme Dietrich était intimement convaincue que le sang africain coulait dans les veines des Italiens, que tous les Ritals se promenaient avec des couteaux, et que le pays tout entier était aux mains de la Mafia,

Ce n'était pas un point de vue extrémiste. Beaucoup de gens très inquiets le partageaient, surtout des Italo-Américains.

J'ai rencontré Harriet Dietrich l'année qui a suivi la mort de son père, l'été de mon premier livre. De retour de Berkeley, elle travaillait comme assistante à la bibliothèque publique. J'ai dédicacé les deux exemplaires de mon livre destinés à la bibliothèque, puis elle les a serrés contre sa poitrine en louant mon roman, la noblesse de son propos, la fraîcheur de son style, et *tutti quanti.* J'étais meilleur que Faulkner, elle a insisté, meilleur qu'Hemingway. Je suis tombé d'accord avec elle avant de sortir de la bibliothèque sur un nuage. Quel merveilleux esprit elle avait ! Elle connaissait tant de choses, elle était si sensible, elle avait une idée globale de la littérature mondiale à vous couper le souffle. Quatre heures plus tard, à la nuit tombée, j'étais sur la véranda de sa maison, et je mourais d'envie de poursuivre notre conversation passionnante.

Comme on ne m'avait pas invité, elle a été surprise de me découvrir là, mais elle m'a souhaité la bienvenue avec un sourire, puis m'a fait entrer dans un petit salon victorien meublé de chaises et d'un grand fauteuil couverts de velours rouge. Elle m'a expliqué à voix basse que sa mère était déjà couchée dans la pièce voisine. J'ai feint la plus grande inquiétude, me suis excusé et fait mine de sortir en sachant qu'elle me retiendrait, ce qu'elle s'est empressée de faire, après quoi elle m'a dirigé vers le grand fauteuil, d'où j'ai continué d'admirer son derrière lisse et sensuel en me demandant si ses poils pubiens étaient aussi blonds que les tresses qui lui couvraient les épaules. Sa voix était douce comme le vent nocturne et j'ai imaginé la cerise de sa bouche disant : « Baise-moi, Henry, je t'en supplie, baise-moi ! » J'ai vu ses genoux dorés se croiser puis se décroiser sous une jupe courte et j'ai soupiré d'aise en m'imaginant déjà coincé dans leur étau. Chaque fois qu'elle respirait, sa poitrine se soulevait langoureusement et j'ai caressé l'idée de sortir ses seins hors de leur fourreau comme on lève des calices d'or vers le ciel. J'allais certainement avoir cette femme, car elle comme moi étions déjà dans la peau de l'autre et nous cherchions la meilleure entrée en matière. Ce n'était pas de l'amour, plutôt le désir de la chair.

Alors Mme Dietrich a appelé de sa chambre, d'une voix dure, irritée.

— Harriet, veux-tu venir ici, s'il te plaît ?

Harriet a pris un air craintif, elle s'est excusée avec un sourire gêné, puis elle a ouvert la porte de la chambre. La pièce était plongée dans l'obscurité. Harriet a refermé la porte et j'ai discerné un chuchotement de voix coléreuses. Quelques secondes plus tard, quand Harriet est revenue, la fureur brillait dans ses yeux. Elle a évité mon regard et s'est calmée.

— Quelque chose qui ne va pas ? je lui ai demandé.

Elle a souri.

— Je suis désolée de vous demander ça, mais.. êtes-vous armé ?

— Vous voulez dire, si j'ai un revolver sur moi ?

C'était si absurde qu'elle a éclaté de rire.

— Mère dit que vous — vous avez peut-être un couteau.

— Pour quoi faire ?

— Vous êtes italien.

— Oh merde ! j'ai fait. Elle est cinglée.

Alors la porte de la chambre s'est ouverte et Mme Dietrich est entrée ; elle portait un peignoir par-dessus sa chemise de nuit, et des chaussons aux pieds. Le bruit courait qu'elle avait été l'une des plus belles femmes de la ville. Ce n'était certes plus le cas. Elle avait des bajoues, les tendons de son cou saillaient, mais les formes arrondies de son corps étaient toujours séduisantes. Elle a levé le bras pour m'indiquer la porte d'un geste impérieux.

— Dehors ! elle m'a intimé. Quittez ma maison, jeune homme, si vous ne voulez pas que j'appelle la police.

J'ai lancé un coup d'œil à Harriet.

— Qu'est-ce que ça veut dire ?

— Partez, je vous en prie, elle a dit en me prenant la main. Je vous en prie.

Je me suis dirigé vers la porte avec elle.

— Mais que se passe-t-il donc ?

Elle m'a poussé gentiment sur la véranda.

— Je vous verrai demain à la bibliothèque.

— Ferme la porte, a aboyé Mme Dietrich.

Harriet était courageuse, mais on lui avait appris à craindre sa mère inflexible. Comme de juste, Mme Dietrich lui a interdit de me revoir, si bien que nous avons dû nous fréquenter en cachette. Ce n'était guère facile dans le comté de Placer. Les Dietrich étaient partout — dans les villes, dans les fermes, dans les hameaux de montagne. Nous partions chacun en voiture pour nous retrouver dans des auberges isolées, sur des chemins perdus, dans des fermes abandonnées, dans des vergers ou des vignobles.

Quand un cousin ou un oncle Dietrich nous repérait, il téléphonait aussitôt son rapport à la reine de San Elmo. Nous avons d'abord pratiqué ça comme une sorte de sport, mais au bout de deux mois de ce manège nous en avons eu assez. Un matin de juillet je me suis garé devant la bibliothèque publique, j'ai pris Harriet par le bras et l'ai amenée à la voiture. Nous avons roulé jusqu'à la rive du lac Tahoe qui se trouve dans le Nevada pour nous marier devant un juge de paix. Nous avons passé notre lune de miel dans un hôtel au bord du lac, et le lendemain matin nous sommes retournés à San Elmo pour nous expliquer avec la Dietrich. Il tombait des cordes quand je me suis garé devant la maison blanche.

Quand nous sommes descendus de voiture, Mme Dietrich est sortie de la maison en imperméable, avec un parapluie. Son expression courroucée, ses lèvres pincées et les tendons crispés de son cou nous ont informés qu'elle connaissait déjà la nouvelle et qu'il n'y avait plus rien à dire. Main dans la main, nous avons gravi les marches de la véranda. Harriet a trouvé le courage de sourire.

— Mère, Henry et moi sommes mariés.

Mme Dietrich a brandi son parapluie avant de me l'abattre sur le crâne.

Cela s'était passé vingt-cinq ans plus tôt ; Harriet et sa mère avaient depuis belle lurette adopté une solution de compromis à propos de ce mariage. Elles s'écrivaient, se téléphonaient, et nos deux fils passaient souvent l'été à San Elmo avec leur grand-mère. Mais l'anathème jeté sur Henry Molise demeurait. Dans la maison de la Dietrich, on ne parlait jamais de lui ni de ses livres ni de ses films. Chaque fois que nous passions à San Elmo, Harriet habitait chez sa mère, et moi avec mes parents. Pourtant, quatre ans plus tôt Hilda Dietrich avait attrapé une pneumonie ; Harriet et moi avions aussitôt pris l'avion, car son médecin nous avait avertis que l'état de sa patiente était critique, et conseillés de venir. Pour la première et dernière fois, j'avais dormi sous le toit de la Dietrich.

J'ai évité la malade autant que possible, je jouais au golf dans la journée, je restais à l'écart en prenant soin de ne pas l'énerver. A la stupéfaction de son médecin, elle a été sur pied deux jours après notre arrivée. Il a attribué ce miracle aux antibiotiques, mais je savais à quoi m'en tenir : à force de volonté, Hilda Dietrich avait recouvré la santé pour me chasser de chez elle. Au moment du départ, elle est sortie sur la véranda pour embrasser Harriet et la remercier d'être venue.

Elle a fait semblant de ne pas voir ma main tendue, et dit :

— Au revoir, monsieur Mollasse.

— Molise, j'ai rectifié.

Elle a eu un sourire méchant.

— Bah, c'est du pareil au même !

Nous avons descendu les marches jusqu'au taxi qui nous attendait.

— Salope, j'ai dit.

— Sois tolérant, a dit Harriet.

— Salope.

J'ai fait résonner quatre fois le carillon de Hilda Dietrich avant que les rideaux ne se séparent et que le visage blanc de la vieille dame n'apparaisse derrière la porte vitrée ; l'agacement écarquillait ses yeux froids. Elle restait là à me regarder sans faire le moindre geste pour ouvrir la porte.

— Bonjour, j'ai dit.

— Qu'y a-t-il ? elle m'a demandé.

— Harriet m'a dit de passer vous voir.

— A quoi bon ?

— Une simple visite de courtoisie. Pour prendre de vos nouvelles.

Elle a hésité.

— Je suis très occupée en ce moment. Dites à Harriet que je vais bien.

— Je ne compte pas rester longtemps.

— Une autre fois, monsieur Mollasse.

— Molise, j'ai rectifié. Avec un « i » et un seul « s » !

— Puisque vous êtes là, j'aimerais que vous emportiez vos clubs de golf.

J'avais laissé mes clubs chez elle quand nous étions repartis après sa maladie. Volontairement, car j'appréciais le terrain voisin, mais détestais voyager avec tout ce barda. De toute façon, j'avais un autre équipement à la maison.

— Je préférerais les laisser ici, si cela ne vous dérange pas.

— Ils me dérangent beaucoup, elle a aboyé.

— Eh bien dans ce cas, je vais les prendre, j'ai dit en espérant qu'elle allait m'ouvrir.

— Vous les trouverez dans la cabane à outils.

La conversation a paru se figer alors que nous nous dévisagions. J'ai senti le sang se ruer dans ma gorge, le désir violent de saisir à deux mains son vieux cou ridé pour le tordre.

La profondeur de son mépris était insondable. Harriet m'avait dit qu'elle avait « changé ». Le seul changement que je constatais, c'était qu'elle me haïssait davantage. Qu'avais-je donc fait à cette femme ? Si j'avais traité sa fille avec cruauté, si l'on m'avait surpris avec une autre femme, l'amertume d'une mère aurait été compréhensible. Mais il y avait plus que de la simple haine dans ces yeux âgés qui brillaient. La peur était là, la paranoïa, une obsession maladive, la terreur à l'idée que je puisse lui trancher la gorge avec un couteau, à l'italienne. Aucune de mes paroles ni aucun de mes actes n'y changerait jamais rien, et ça m'a rempli de rage et de dégoût.

J'ai fait demi-tour, descendu d'un pas vif les marches de la véranda, puis contourné rapidement la maison vers la cabane à outils. Mes clubs de golf !

Moi qui les avais remisés avec soin dans l'angle le plus éloigné du placard d'une chambre. Mes clubs ! Mes splendides Stan Thompson fabriqués sur mesure, quatre bois, neuf fers, équipés de poignées spéciales, de tiges en graphite légères comme une plume — des armes de luxe, parfaitement équilibrées, qui propulsaient une balle comme un boulet de canon.

Ils étaient là, posés à même le sol humide en terre battue de la cabane à outils ; leur sacoche de cuir s'est barrée en couilles quand je l'ai saisie. Scandaleux. Un vrai désastre. Un crime aussi monstrueux que de cracher au visage de l'hôte sacré. Seul un golfeur pouvait comprendre la portée de cet acte brutal et gratuit. Tous les clubs étaient rouillés, toutes les poignées décollées de leur support. C'était davantage que le simple assassinat de clubs de golf. C'était une attaque directe contre moi, contre ma vie et mon plaisir. Seul un esprit malade pouvait imaginer pareil forfait.

J'ai voulu me venger, riposter, saccager. J'ai regardé autour de moi et je les ai vus qui pendaient, bien alignés, à leurs crochets — ses rateaux, pelles, ciseaux, outils de jardinage. Je me suis emparé d'une scie et d'une pelle, j'ai poussé un soupir ravi en voyant les dents de la scie entamer le manche de la pelle. Mais quand j'ai eu fini, je me suis senti ridicule, gêné.

Alors j'ai repéré les gants, des gants de jardinage en cuir, pour femme, accrochés à un clou, qui avaient pris la forme des mains menues de Hilda Dietrich. J'ai ouvert ma braguette et déversé dedans le liquide doré. Ils avaient forme humaine quand je les ai raccrochés à leur clou : ils étaient pleins à ras bord, grotesques, dégoulinants, paume ouverte, trempés et suppliants.

13

Les trois vieux attendaient dans le camper Datsun quand je suis revenu à la maison — Zarlingo au volant, mon père entre lui et Cavallaro.

— Où t'étais ? a demandé mon père d'une voix épaisse, la langue pâteuse. Magne-toi le train.

Je me suis approché en observant leurs visages affaissés. Cavallaro était peut-être encore clair, mais Zarlingo et mon père étaient ivres et fumaient de longs cigares. Complètement pété, Zarlingo bavait.

— Barrons-nous d'ici, il a dit.

— Tu es trop saoul pour conduire, j'ai fait.

Il a eu un sourire hautain.

— Keski t' prend, le morveux ? T'as les chocottes ?

— Exact. J'ai une trouille bleue, je reste ici.

Je suis parti vers la maison en sentant leur regard sur mon dos. Ma mère observait la scène derrière la porte grillagée.

— Ce sont des sales types, Henry. Sois un bon garçon : n'y va pas avec eux.

Elle m'a suivi dans la cuisine et regardé pendant que je me préparais un sandwich au salami.

— J'ai fait un rêve affreux la nuit dernière, elle

s'est rappelé. La camionnette sautait une falaise et tu étais tué. Tu avais la poitrine ouverte, tu criais sans arrêt, mais personne ne venait.

— Bon Dieu, maman. Merci de me dire ça.

Cavallaro est entré dans la maison et s'est arrêté en hésitant à la porte de la cuisine.

— Qu'est-ce que tu veux, toi ? j'ai fait.

— Ça t'irait si je conduisais ?

— T'as la tête claire ?

— J'ai bu que deux bières, alors...

J'ai mordu dans mon sandwich en réfléchissant à la situation. Cavallaro essayait de se montrer raisonnable. Il n'était pas grossier comme Zarlingo.

— Maman, j'ai dit. Tu as confiance en cet homme ?

Elle s'est approchée de lui pour examiner son visage.

— Promets-moi de ne pas boire, Louie.

— Je le promets, il a dit en levant la main droite.

— Jure-le sur le sang de la Sainte Vierge.

— Je le jure.

Maman m'a adressé un sourire confiant.

— Vas-y avec eux, Henry. Tout ira bien maintenant.

Soudain la caméra de mon destin m'a révélé une mer sombre et j'ai vu des poissons nager autour de mes os blancs. J'ai regardé Cavallaro, ma mère, et je suis resté figé sur place. Le type qui avait pissé dans les gants était peut-être le plus cinglé de tous.

Ils ont voulu me faire monter devant dans la cabine, mais je les ai aussitôt arrêtés.

— Y a plein de place, a dit mon père. Assieds-toi sur mes genoux.

— Sans façon, papa. Je préfère m'installer sur la plate-forme.

Tout le barda de mon père s'entassait derrière. J'ai

repoussé son bric-à-brac pour mettre la brouette debout, puis j'ai installé une bâche dessus et je me suis assis en position du lotus. C'était sans doute la femme de Zarlingo qui avait accroché les rideaux roses en organdi. L'intérieur ressemblait à une caravane de pute où un poseur de briques aurait laissé tout son matériel en dépôt. Quand j'ai regardé par la fenêtre, j'ai aperçu ma mère en larmes qui agitait un mouchoir. J'ai pensé avec tristesse que je voyais peut-être la maison pour la dernière fois. Cavallaro a descendu Pleasant Street jusqu'à Lincoln, puis il a bifurqué vers l'est dans Vernon en direction de la Route 80.

Quelques miles après la sortie de la ville, le trio infernal s'est raclé la gorge avant d'entonner les mélodies immortelles de sa jeunesse : « Laisse-moi t'appeler chérie », « la Chanson du prisonnier », « A trois heures du matin ». Ils chantaient horriblement faux, mais ils étaient heureux, ensemble sur la route, libres comme l'air, l'esprit obnubilé par le bon vieux temps.

Les magnifiques coteaux de l'automne défilaient par la fenêtre, les manzanita, les fourrés de chênes et de pins, les fermes et les vignobles, les bovins et les moutons qui paissaient parmi les pierres blanches, les vergers de pêchers et de poiriers. Ici l'automne était une saison vigoureuse où la terre manifestait sa force et sa fertilité, et l'air semblait saturé d'un désir sauvage.

On a frappé à la vitre qui me séparait de la cabine. Je l'ai ouverte.

— Tu veux une bière ? m'a proposé mon père.

— Oui.

Il m'a passé une boîte glacée et dégoulinante dont le contenu a merveilleusement rafraîchi ma gorge sèche ; avec le soleil brûlant au-dessus de nos têtes, les lointains pics blancs des Sierras, et le Datsun qui ronronnait régulièrement sur la large route, ç'a été parfait. Je me sentais bien maintenant. Après tout, cette équipée se passerait peut-être sans accroc.

14

A vingt miles à l'est de San Elmo le camper a ralenti et Cavallaro a soudain bifurqué vers la droite. Nous pénétrions dans les vignobles d'Angelo Musso, la terre sacrée de mon père et de ses amis. Depuis cinquante ans ils éclusaient le Chianti et les crus authentiques produits par ces collines rocheuses. Ils étaient non seulement les clients d'Angelo, mais aussi ses esclaves, éperdus d'inquiétude quand la récolte s'annonçait mauvaise, car ce vin était le lait de leur seconde enfance, livré une fois par mois à la porte du client en cruchons d'un gallon, tandis que les verres vides étaient rapportés à la propriété.

Tous les cinq ans environ le gel détruisait les vignes ou bien le vin nouveau tournait mystérieusement à l'aigre, et les paisani devaient se rabattre sur une autre marque. Pareille catastrophe semait le désespoir parmi eux, ainsi que l'insomnie et les rhumatismes. Jusqu'au dernier, les clients d'Angelo vivaient dans la terreur qu'il ne mourût avant eux.

Les pneus écrasaient le gravillon de l'allée quand nous nous sommes garés près de la maison de Musso. Nous sommes descendus de la camionnette. C'était une très belle maison en pierre, dotée d'un étage, construite autrefois par mon père. Des treilles luxuriantes couvraient aujourd'hui ses murs et escaladaient les tuiles du toit en pente jusqu'à la cheminée. Un bourdonnement, semblable à la rumeur lointaine de la circulation, faisait palpiter l'air. C'étaient les abeilles, des milliers d'abeilles, dont le vrombissement chagrin emplissait les vignes, un mmmmmm dont on découvrait le caractère lugubre dès qu'on prêtait l'oreille à la modulation mélancolique de leur mystérieux chant funèbre qui semblait soulever la maison au-dessus du sol et la maintenir en une lévitation atemporelle.

Près de la maison se dressait une tonnelle de vigne vierge si épaisse que le soleil n'y pénétrait guère, et en dessous, au bout d'une longue table de pique-nique, trônait Angelo Musso, gnome chauve âgé de quatre-vingt-quatre ans, noirci par le soleil, aux yeux semblables à deux grains de muscat mordoré. Son siège était un fauteuil déglingué couvert de mohair, si bas que le menton du vieillard atteignait à peine le niveau de la table.

Angelo Musso était incapable de parler, car dix ans plus tôt on lui avait retiré les cordes vocales à cause d'un cancer. La cendre de ses cigarettes laissait un sillage gris sur le devant de sa chemise bleue, et il toussait par intermittence, car il fumait sans discontinuer ; sur la table, devant lui, étaient posés deux paquets de Camel à côté d'une carafe de vin, d'un briquet et d'un cendrier plein à ras bord.

Mon père et la plupart des Italiens qui habitaient depuis longtemps le comté de Placer considéraient Angelo Musso comme un être extraordinaire, un oracle antique qui ne dispensait aucune sagesse, un sage qui ne donnait aucun conseil, un prophète sans prédictions, un dieu qui faisait fermenter le vin le plus magique du monde sur un minuscule vignoble de trente acres généreusement doté de gros cailloux et de ceps sublimes. Cela faisait de lui un être divin. Son mutisme obligé contribuait aussi à cette métamorphose. Parce qu'il ne pouvait parler, tout le monde venait lui soumettre ses problèmes. Et chacun trouvait sa solution dans les yeux jaunâtres d'Angelo.

Nous nous sommes approchés de lui avec un grand respect, tels des moines à la queue leu leu attendant de rendre hommage à leur abbé ; nous nous sommes inclinés très bas devant lui pour soulever sa main momifiée, veinée de bleu, et l'embrasser solennellement. Les autres se sont adressés à lui en un italien chuchoté pour le féliciter de sa bonne santé, lui susurrer qu'il semblait rajeunir chaque année, ce qui eut l'heur de le faire sourire avec un ravissement édenté.

Mon père m'a présenté, et bien que le vieillard m'eût déjà vu maintes fois, il ne m'a pas reconnu. M'inclinant selon la coutume, j'ai embrassé ce qui m'a semblé être un paquet d'os enveloppé de parchemin, j'ai remarqué les doigts jaunâtres et respiré l'odeur de cette peau saturée de nicotine.

Comme nous nous installions autour de la longue table, Angelo a frappé la carafe de vin avec une cuillère. Aussitôt après ce bruit cristallin, la porte de la cuisine s'est ouverte et une femme est sortie avec un plateau de nourriture et de vin.

Trapue et lourde, elle avait la grâce d'un éléphant ; elle a fondu sur nous et avec des manières brusques a disposé deux pichets de vin, des grands verres, des assiettes de pain et de fromage provolone. Elle semblait âgée d'une cinquantaine d'années, son corps massif rapetissait sa tête, et elle n'avait presque pas de cou. Elle portait une salopette au-dessus d'un T-shirt, et un tablier froncé noué autour de la taille. Elle arborait aussi une moustache, un duvet aussi noir que ses cheveux. Je l'ai regardée avec fascination. Je la voyais pour la première fois.

— Odette, la maîtresse de maison, m'a chuchoté mon père.

Odette a servi rapidement les invités en virevoltant autour de la table avant de retourner dans la cuisine.

Par respect pour le mutisme d'Angelo, nous n'avons pas parlé en buvant et en mangeant, et j'ai trouvé ça bizarre; après tout, Angelo entendait parfaitement. Nous lui avons néanmoins lancé des baisers du bout des doigts pour lui manifester le plaisir que nous prenions au vin frais, à la mozzarella et au pain italien de fabrication maison. Alors les abeilles sont arrivées, d'abord une ou deux en éclaireurs, puis par essaims entiers pour examiner les invités d'Angelo; elles se posaient sur nos chemises, sur nos bras, sur le bord des verres et des carafes. Elles ont formé une auréole vaporeuse autour des cheveux gris d'Angelo, elles se sont régalées de son fromage et de son vin, et le vieillard semblait goûter leur compagnie.

Bientôt j'ai moi aussi attiré leur attention; il y en a d'abord eu deux ou trois qui décrivaient des cercles, palpaient, reniflaient, puis une horde hurlante. Elles étaient dans mes cheveux et sur mes oreilles, sur mes mains et dans mon cou; je me suis souvenu des crabes et mis à trembler d'une peur lancinante et du désir de filer ventre à terre vers la rase campagne; je retenais mon souffle, je résistais à la panique en sachant qu'elles me trucideraient si jamais je prenais les jambes à mon cou.

Ma terreur a fait glousser Angelo, un caquètement de poulet est monté de sa gorge morte, ses yeux ternes se sont mis à briller comme des bougies.

— Du calme, m'a prévenu mon père. Amadoue-les. Fais ami-ami avec elles.

Elles ne me piquaient pas, elles se contentaient de se payer ma tête. Soudain, presque toutes les abeilles sont parties aussi vite qu'elles étaient venues. Nous nous sommes plongés dans une séance d'œnologie profondément méditative, la sorcellerie du vin transcendait le miracle de son goût, elle enveloppait nos âmes dans le cocon des abeilles vrombissantes, un doux bourdonnement dominait ces tièdes collines où mûrissait le vin frais et généreux tandis qu'Hypnos s'installait en nous et que la mélopée des abeilles semblait absorber le temps.

J'ai dormi environ une heure, la tête posée sur les bras, les bras sur la table. A mon réveil, des bombes ont explosé dans mon crâne et mes yeux ont essayé de jaillir de leurs orbites. Toujours assis, mon père marmonnait entre ses dents, plongeait l'index dans son verre de vin, puis le suçait d'un air idiot. J'ai vu Cavallaro tituber sous un soleil de plomb ; il marchait vers nous d'un pas d'ivrogne sous la tonnelle en essayant vainement de remonter la fermeture Éclair de sa braguette. Zarlingo était parti, ainsi que notre hôte vénérable.

J'éprouvais une folle envie d'eau, d'eau fraîche sur mon visage, sur mon corps, un torrent, un étang, un abreuvoir, un froid pur et revigorant. Je me suis levé et j'ai vacillé dans le soleil jusqu'aux pressoirs et aux caves, situés dans un bâtiment de pierre qui ressemblait à la maison, à une centaine de mètres de la tonnelle. Qu'était-il arrivé ? Pourquoi avais-je bu comme un trou ? Descendre un verre de vin, puis un deuxième, voire un troisième, soit. Mais en écluser une kyrielle, boire jusqu'à plus soif, s'enivrer au plus chaud de la journée, défier la mort tranquillement, en silence et en compagnie de vieux sacs à vin — mama mia !

La lourde porte en bois du bâtiment a grincé sur

ses gonds, puis Zarlingo a émergé, aveuglé par le soleil, avant de me rentrer dedans. La détresse se lisait sur son visage blême. Tel un zombie il m'a écarté du bras, puis est retourné vers la maison d'un pas incertain, serrant sa ceinture d'une main. Je l'ai regardé s'éloigner en zigzaguant. Il avait remis son pantalon à l'envers.

Quand je me suis retourné, Odette me faisait face dans l'encadrement de la porte. Surpris, j'ai reculé. Elle m'a souri sous sa charmante moustache.

— Salut, petit...

— Bonjour, j'ai fait.

— Tu veux tirer ton coup ?

Quand sa main s'est approchée de ma braguette, j'ai reculé.

— Bon Dieu, non.

— Tes goûts seront les miens. Je suce aussi.

— Sans façon.

Je me suis éloigné rapidement sur le chemin en passant devant le bâtiment des pressoirs vers les vignobles. Sur une colline, à deux cents mètres environ, j'ai aperçu des jets d'eau rotatifs qui formaient un arc-en-ciel en arrosant un champ de jeunes ceps. Je les ai rejoints en titubant, me suis débarrassé de mes vêtements pour me poster nu à l'extrémité de l'arc-en-ciel. Cette douche estivale m'a rafraîchi l'âme et empli de nostalgie, c'était une journée en Italie, dans les collines de Toscane. Quand je me suis rhabillé, j'avais la tête claire.

De retour à la maison d'Angelo, j'ai trouvé Zarlingo et Cavallaro endormis dans la cabine de la camionnette. Mon père n'était pas là. Je suis allé à la porte de la cuisine et j'ai frappé plusieurs fois. Finalement, je suis entré dans une vaste cuisine en désordre. Odette n'était pas une bonne ménagère. L'évier débordait d'assiettes sales, un seau d'ordures trônait au milieu de la pièce. Endormi sur un canapé, son dentier et ses cigarettes posés sur une table à côté de lui, j'ai découvert Angelo.

Je suis ressorti. Odette et mon paternel descendaient le chemin en venant du bâtiment des pressoirs. Les jambes de mon père évoquaient une poupée de chiffons. Elle lui avait passé le bras autour de la taille et elle riait en le portant. Il dormait comme un loir, ses pans de chemise à l'air. Odette et moi l'avons porté jusqu'au siège du conducteur, et quand son postérieur s'est offert à moi, je l'ai frappé à toute volée avec mon genou, et j'ai été ravi, ravi, ravi.

15

Il est arrivé un moment où j'ai dû conduire ; Zarlingo s'est installé derrière dans la brouette, et mon père devant, entre moi et Cavallaro. Nous avons quitté la région des collines, des vergers et des vignobles, pour entamer l'ascension des pics de la Sierra. Le vieux roupillait tout son saoul sur mon épaule, son haleine aussi fétide qu'un fût d'Angelo Musso.

L'air s'est refroidi assez vite, le plafond nuageux s'est abaissé, des pans de brouillard opaque semblaient dégringoler vers la route. Quand j'ai ouvert la fenêtre, des lambeaux de nuages se sont pris dans les cheveux de mon père. L'air lui faisait du bien, il rafraîchissait ses narines et ses poumons ; bientôt il s'est réveillé et a regardé autour de lui, ses yeux semblables à des cerises écrasées. Il a eu envie d'un cigare.

La route a plongé, et sur deux ou trois miles nous sommes descendus vers un lieu-dit nommé Alp Hollow. Il y avait une épicerie et un petit chalet. Je me suis garé devant le magasin, puis mon père et Cavallaro ont giclé de la cabine tels deux sacs de petit bois — j'ai entendu leurs os craquer. Grondant comme un fauve, Zarlingo s'est laissé tomber de la plate-forme. Les trois hommes se sont frayés un chemin zigzaguant à travers une cathédrale de pins superbes, chacun prenant une direction différente des deux autres, puis ils ont uriné contre trois troncs d'arbre, furtivement, en vacillant comme des somnambules, en se tournant le dos, trop modestes pour exhiber leur queue.

Zarlingo et Cavallaro sont revenus vers la camionnette, mais mon père s'est dirigé d'un pas raide vers l'épicerie. Il est revenu en tirant sur un cigare, un paquet sous le bras. Avec la dignité grotesque de l'ivrogne, il s'est approché du camper et a bien failli se rétamer en grimpant sur son siège.

« En avant ! » il a commandé, tel un imbécile qui donne ses ordres à d'autres imbéciles. Dégoûté par sa passion immodérée pour la gnôle, par le gâchis qu'il faisait de ses derniers jours, je lui ai lancé mon regard le plus noir.

Avec un sourire démoniaque, il a ouvert le sac en papier. Il contenait une pinte de cognac. Quand il m'a regardé pour se moquer de mon expression scandalisée, la colère et l'écœurement m'ont submergé. Dès qu'il a porté la bouteille à sa bouche, je la lui ai arrachée avant de la lancer par la fenêtre. Elle a explosé contre un rocher. Il a paru surpris, mais n'a pas dit un mot. Il a fait tomber la cendre de son cigare tandis que ses yeux rougis au regard de fou fixaient le pare-brise et qu'il lâchait une bordée de jurons italiens marmonnés, quelque chose sur l'Amérique et la merde de chien.

Il était maintenant six heures, le soleil avait quitté depuis longtemps Alp Hollow, le froid tombait avec la nuit, mais quand nous avons quitté ce trou perdu, le soleil métamorphosait les pics enneigés en autant de pièces montées. La Route 80 serpentait en grimpant vers l'est jusqu'à plus de deux mille mètres,

Le soleil mourant dans le dos, nous avons traversé de petits hameaux montagnards et solitaires, Emigrant Gap, Cisco, Soda Springs, Donner Pass.

Après le col mon père m'a conseillé de ralentir. « On n'est plus loin maintenant. »

J'explorais le paysage à la recherche du terrain de golf de Monte Casino — les drapeaux ondoyants des greens, les golfers, les parcours vallonnés, le club-house. Pour tout avouer, j'avais surtout décidé de m'embarquer dans cette expédition à cause du terrain de golf. Pourtant, quand je regardais de part et d'autre de la route, je ne voyais que le vaste océan des pins, immenses et impénétrables, qui s'étendait à perte de vue.

— Je ne vois pas le terrain de golf, papa.

Il regardait devant lui sans parler.

— Où est donc le terrain de golf ?

— Y en a pas.

— Tu m'avais dit qu'il y avait un terrain de golf.

— Pas de terrain de golf.

— Comment ça ?

— Vas-y, tu peux me poursuivre en justice si ça te chante.

— Pourquoi m'as-tu dit ça ?

— Si je te l'avais pas dit, tu serais pas venu.

Gêné, il m'a gratifié de son regard douloureux de chien battu, de type lessivé, et j'ai eu un brusque flash-back : il avait neuf ans dans son misérable village italien, son père venait de découvrir son mensonge enfantin, et son visage arborait la même expression que maintenant. Triste affaire, la façon dont les rides se creusent en profonds sillons ineffaçables. J'ai détesté le désespoir de son visage. Je préférais mon père dans le rôle du salopard arrogant, égoïste, sans scrupules. Ma main s'est abattue sur son genou.

— Ça va, j'ai dit en souriant. De toute façon je serais venu.

Sa main tremblait quand il a gratté une allumette et qu'il l'a approchée de son cigare qui n'était nullement éteint.

— Pas de tennis non plus ? j'ai souri.

— Pas de tennis.

— Pas de piscine ?

— Non.

— Pas d'ours ni de loups-garous ?

Il a essayé de rire, y est presque arrivé.

Le *Chalet de Monte Casino* n'était pas un chalet. C'était un motel. Nous avons quitté la route pour faire trois cents mètres sur un chemin de traverse et découvrir une clairière au fond des bois. Une douzaine de chalets en rondins étaient éparpillés parmi les arbres, la plupart avec des voitures garées devant. Sans ces voitures, le décor aurait pu être celui d'un campement de colons du siècle précédent ; de la fumée montait au-dessus de la cheminée des chalets et stagnait, lourde, dans les arbres ; l'odeur du bacon et du bifteck imprégnait l'air froid. Le néon rouge d'une enseigne épelait BUREAU au-dessus de l'entrée du chalet le plus éloigné, gâchant cette scène primitive.

Nous nous sommes arrêtés devant et mon père a klaxonné deux fois. Alors Sam Ramponi est sorti. C'était un homme trapu et ventripotent, âgé de soixante-dix ans, doté d'un corps d'ours et d'un visage de loup. Quand mon père et Cavallaro sont descendus de la camionnette, Ramponi a poussé un cri de joie en les reconnaissant et s'est précipité vers nous. Pas de doute, Ramponi appartenait à la fraternité de la vigne, car les toiles d'araignée violacées des vaisseaux éclatés striaient son visage lourd, et son large sourire a dévoilé des dents énormes et cariées. Il y a eu moult rires et poignées de main ; quand Zarlingo est descendu de la plateforme, la liesse a repris de plus belle — grandes claques dans le dos, accolades, éclats de rire tonitruants, une vraie réunion d'anciens élèves —, car Sam Ramponi était un homme de San Elmo, un serre-freins à la retraite qui regrettait le bon vieux temps, quand le *Café Roma* était le nombril de l'univers et que le monde n'avait pas tourné en eau de boudin.

Il m'a considéré avec chaleur lorsque mon père nous a présentés.

— Mon aîné. Il va m'aider.

Ramponi s'est emparé de ma main.

— Salut, Tony. Je me souviens de toi maintenant ! Le meilleur joueur de football que San Elmo ait jamais eu.

Je ne m'appelais pas Tony, et je n'avais jamais joué au football au lycée, mais Ramponi essayait seulement de me manifester son amitié.

— Toi, p'tit gars ! a aboyé mon père. Décharge-moi ce camion.

C'était son pire défaut : le syndrome du chef, l'arrogance de la grosse tête.

— Emmène-le-moi derrière ces chalets. T'y trouveras un tas de sable et des pierres. Décharge là-bas. Et fais bien attention à mes outils. Couvre-les, au cas où il pleuvrait.

Très impressionnés, ses trois amis le considéraient en silence. « Tout de suite, monsieur ! » J'ai salué avant de monter dans le camion.

Ramponi a guidé ses amis vers le bureau.

— Magnez-vous le train, les enfoirés. On va taper le carton.

16

Il faisait nuit quand j'ai eu fini de décharger le camion. Une lune citrouille est apparue au-dessus de la cime des arbres et a éclairé le site du fumoir à bâtir — une dalle de béton coulée récemment. Mon père avait raison. Ç'allait être un petit chantier sans problème ; d'ici une dizaine de jours nous serions tirés d'affaire.

Une enseigne COMPLET brillait au-dessus de l'entrée quand je me suis garé devant le bureau du motel. J'ai dépassé la réception pour pénétrer dans la cuisine, où les quatre Paisani assis autour d'une table couverte d'une toile cirée jouaient au poker. Mme Ramponi, une petite femme fragile, servait le vin d'un cruchon d'Angelo Musso. Très frêle, elle tenait le cruchon entre ses bras, contre sa poitrine, en servant ; sa peau avait la couleur du flageolet, son cuir chevelu couvert de cheveux blancs clairsemés luisait sous la lumière de la suspension.

A voir comment Sam Ramponi traitait sa femme, n'importe quelle militante féministe l'aurait abattu sans y réfléchir à deux fois. Il ne s'est pas donné la peine de me présenter, et quand elle a hoché la tête en m'adressant un sourire édenté, je lui ai dit bonsoir

— Sers-lui à boire, a dit Sam.

Mme Ramponi a posé le cruchon sur le buffet pour me donner un verre. Je l'ai remerciée pendant qu'elle le remplissait.

— Y a pas de quoi, elle a dit.

— Dehors, a ordonné Sam.

Aussitôt elle a traversé la cuisine jusqu'à une chambre pour s'asseoir dans la pénombre proche de la porte, bras croisés, et attendre l'ordre suivant. Elle m'a rappelé les vieilles dames-pipi des toilettes pour hommes dans les boîtes de nuit romaines. J'ai envisagé de taper le carton un moment avec eux, mais de toute évidence j'étais un intrus, d'une autre génération qui plus est, et personne ne m'a proposé de m'asseoir à la table. Je me suis pourtant approché pour regarder. Ramponi a glissé un cigare neuf entre ses lèvres, puis cherché une allumette. Sa femme a aussitôt bondi à côté de lui, tendant une allumette sous la mâchoire crispée de son époux.

— Chalet sept, il a dit. Retourne le matelas. Change les draps pour Nick et son fils.

La seconde suivante, elle était partie.

Sam Ramponi distribuait. Ils jouaient au poker classique à mise limitée, avec des jetons qui représentaient cinq, dix et vingt-cinq cents. Jusqu'ici le jeu était à peu près équilibré, tous les joueurs avaient quasiment le même nombre de jetons.

Quand Zarlingo a regardé ses cartes, j'ai vu qu'il avait une paire de dames et un as, pas mal pour un début dans une partie à quatre. Mais il a dit :

— Je passe.

Les autres aussi ont passé. La mise a grossi de dix cents par joueur, Ramponi distribuait toujours. J'ai encore regardé la main de Zarlingo. Cette fois il avait une paire de rois et un as.

— Passe, il a fait.

Ils ont tous passé, et le pot s'est encore enrichi de quarante cents. C'était le genre de partie de poker où l'on se prend une déculottée comme un rien, où les enchères montent sans arrêt, où chaque joueur attend les autres au tournant. Heureusement pour mon paternel, les mises étaient modestes et limitées. Il était trop versatile pour le poker, trop impatient, un perdant né qui n'aurait jamais dû jouer à ce jeu. Mais pour son malheur c'était son jeu préféré. Il aimait y faire les fiers-à-bras. La patience de ses partenaires, leur stoïcisme, faisaient bouillir en lui la rage de l'action rapide. Une mauvaise main, et le désespoir lui faisait courber l'échine. Trois as, et il souriait d'une oreille à l'autre. Battu, acculé, il était trop fier pour s'arrêter, et tentait alors de bluffer. Inévitablement, il se faisait plumer. J'avais assisté tant de fois à sa mise à mort financière que je m'émerveillais qu'ils puissent accepter son argent.

Mais ce soir ça ne semblait pas être ce genre de partie, et puis ça ne durerait pas longtemps. Zarlingo, Cavallaro et mon père étaient blêmes d'épuisement, leurs corps imbibés d'alcool s'affaissaient sur leur chaise. Ils avaient bu du vin la veille au soir et pendant presque toute la journée, et maintenant ils biberonnaient encore le produit des vignes d'Angelo.

A son retour, Mme Ramponi m'a tendu les clefs du chalet sept.

— J'espère que vous y serez bien, elle a dit en faisant semblant de regarder la partie pour rester un peu. Ramponi lui a lancé un regard noir.

— A manger, il a fait.

Mme Ramponi a aussitôt apporté une miche de pain et un pot de mayonnaise. Ce Ramponi ! On aurait dit qu'il avait des yeux derrière la tête, car dans son dos sa femme a commencé d'étaler de la mayonnaise sur du pain.

— Beurre, il a fait.

Elle a été chercher le beurre. J'ai rendu à Zarlingo les clefs de sa camionnette avant de me diriger vers la porte. Le tour de poker était un combat entre mon père et Ramponi. Mon père a abattu une paire de rois et une paire de reines. Ramponi, qui avait trois deux, a raflé la mise.

J'ai dit bonsoir à tout le monde, mais les joueurs ont fait la sourde oreille alors que j'étais près de la porte. Sans enthousiasme, sans la moindre sincérité, Ramponi m'a appelé :

— Hé, Tony, t'es sûr que tu veux pas faire un tour ou deux ?

— Laisse-le aller se coucher, a dit mon père. Demain, il va pas chômer.

17

La nuit était froide et brumeuse. D'une demi-douzaine de chalets sortait la voix d'Archie Bunker qui insultait sa femme tandis que le public hurlait de plaisir. Pas de doute, Archie aurait pu figurer dans cette partie de poker, il était leur semblable.

J'ai porté les bagages et une sacoche d'outils, du camion jusqu'au chalet sept. Les aménagements étaient ceux d'un motel typique : une cuisine-bar, un divan, un tapis, deux chaises, une télé et un lit.

Le lit ne m'a pas plu. C'était un lit à deux places, ce qui signifiait que j'allais devoir dormir avec le vieux. Inquiet, je me suis assis dessus pour réfléchir à ce dilemme. Je n'avais jamais dormi avec mon père. Je l'avais même rarement touché depuis ma naissance sinon pour une rare poignée de main, et maintenant je n'avais pas la moindre envie de dormir à côté de lui. J'ai pensé à ses vieux os, à sa peau âgée, à sa vieillesse solitaire et acariâtre, à ce vieux sac à vin, à ses amis orduriers et imbibés, au sale fils de pute qu'il avait toujours été : buté, tyrannique, grossier, un Rital dissolu qui m'avait embarqué à mon corps défendant pour ce safari de cinglé dans les montagnes, loin de ma femme, de mon foyer, de mon travail, dans le seul but de satisfaire sa vanité d'excentrique et de se prouver qu'il était toujours un maçon comme on n'en faisait plus.

Alors tout m'est revenu en mémoire. J'avais dix ans lors d'un bal populaire dans une rue de San Elmo, un soir de 4 juillet. Dans l'allée derrière la piste de danse, je fouillais dans les poubelles. Malgré l'obscurité j'ai vu un homme et une femme qui faisaient l'amour contre un poteau téléphonique, la femme relevait sa robe sur ses hanches, l'homme jetait son corps contre elle. Je savais ce qu'ils faisaient, mais ça m'a flanqué la trouille quand je me suis accroupi derrière une pile de cageots. Main dans la main, l'homme et la femme ont marché vers moi. L'homme était mon père. La femme était Della Lorenzo, qui habitait à deux portes de chez nous avec son mari et ses deux fils, mes camarades d'école. Après cela, je n'ai plus jamais joué avec les gamins Lorenzo. J'avais honte de les regarder dans les yeux. J'ai détesté mon père. J'ai détesté Mme Lorenzo ; elle était si vulgaire, si laide et banale. J'ai détesté la maison des Lorenzo, leur cour. J'ai flanqué des coups de pied à leur roquet. J'ai étranglé un de leurs poulets. L'année suivante, quand Mme Lorenzo est morte d'un cancer du sein, ça m'a laissé de marbre. Elle ne l'avait pas volé. Elle croupissait sans aucun doute en enfer, où elle chauffait la place pour mon père.

Un dimanche de Pâques. J'avais douze ans. Nous étions à la ferme des Santucci, la famille au grand complet. Des hordes d'Italiens venus des environs, de longues tables qui croulaient sous le vin, les pasta, la salade et l'agneau rôti, mon père a posé la tête de l'agneau dans son assiette pour en manger la cervelle et les yeux, il riait et frimait devant les femmes qui hurlaient d'horreur. Ensuite, une partie de foot. Quelqu'un a envoyé le ballon par-dessus la haie au bout du terrain. J'ai sauté par-dessus et atterri sur mon père, caché dans les herbes hautes, sur ses fesses blanches comme une lune d'hiver, alors qu'il tringlait Mme Santucci, soi-disant la meilleure amie de ma mère. Stupéfait, j'ai couru vers le verger, sauté le torrent, en direction des poiriers. Mon père me poursuivait. Je bondissais comme un cabri, je savais qu'il ne me rattraperait jamais, mais sa main s'est abattue sur mon épaule. Il m'a secoué en postillonnant de rage.

— Un seul mot à ta mère, et je te jure que je te tue.

J'ai passé le restant de ce long après-midi près de ma mère tandis qu'elle bavardait dans l'herbe avec les autres femmes. Je ne l'aurais quittée pour rien au monde. Assis sur la pelouse je serrais l'ourlet de sa robe, au point que ça l'a agacée.

— Va jouer avec les autres gosses, elle a dit. Tu m'ennuies.

Non. Je n'allais pas m'allonger dans les ténèbres de la montagne à côté de cet abominable vieillard, pour le récompenser de ma présence affectueuse, après toute une existence vouée à la sensualité sans l'ombre d'un remords, aux dépens de sa femme et de sa famille. Pas étonnant que ma pauvre mère ait envisagé le divorce, que Virgil ait honte de lui, que Mario ne le supporte plus et que Stella désapprouve sa conduite.

J'ai trouvé une autre couverture dans le placard, je me suis débarrassé de mes chaussures, puis couché en chien de fusil sur le divan. Quelques heures plus tard, j'ai été réveillé par des voix au-dehors, des rires avinés, le claquement de portières. Je suis allé à la fenêtre pour voir Zarlingo et Cavallaro s'éloigner dans le Datsun. La camionnette avançait très lentement dans l'épais brouillard pendant que mon père courait à sa hauteur en agitant les bras et en criant :

— Allume tes phares !

Le pinceau des phares a vrillé la brume, la camionnette s'est éloignée. Les feux arrière qui disparaissaient sur le chemin forestier promettaient une mort certaine. J'étais persuadé que ces vieux pochards n'arriveraient jamais entiers à San Elmo, qu'ils feraient basculer la camionnette dans l'abîme d'un canyon. Mais je me trompais. Ils ont mis quatre jours pour rentrer chez eux en parcourant les quatre-vingt-quinze miles à petites étapes, s'arrêtant dans tous les saloons qui se trouvaient sur leur route périlleuse.

Il était une heure passée quand mon père a déboulé dans le chalet. Il a allumé l'horrible globe du plafonnier, laissé la porte ouverte, puis marché droit vers le lit, où il s'est écroulé. Trente secondes plus tard il dormait comme une souche, le souffle lourd, la bouche ouverte. J'ai fermé la porte à clef, je l'ai déshabillé, puis mis sous les couvertures. Quand j'ai éteint la lumière et me suis allongé sur le divan, il s'est mis à geindre : — Mama mia, mama mia.

Alors il a sangloté. Appeler sa mère — était-ce là une façon de s'endormir ? J'ai eu l'impression que ça ne s'arrêterait jamais. Ça m'a ratiboisé. Je ne savais rien de sa mère. Morte depuis plus de soixante ans, elle était passée de vie à trépas en Italie après le départ de son fils pour l'Amérique, mais elle lui rendait encore visite aujourd'hui dans son sommeil, comme si, perdu dans un pays inconnu, il pleurait pour la retrouver et qu'il la sentît toute proche dans ses rêves.

Je suis resté allongé là à m'arracher les cheveux en songeant : arrête, papa, tu es ivre ; cesse donc de t'apitoyer sur ton sort, tu n'as pas le droit de pleurer, tu es mon père, seuls ma femme, mes enfants et ma mère ont le droit de pleurer, car tes larmes sont obscènes, elles m'humilient, tu vas me faire mourir avec ta douleur, je ne supporte pas ta douleur, je n'ai pas à supporter tes souffrances, j'ai bien assez à faire avec les miennes. Je sais que je n'en ai pas fini avec la douleur, mais jamais je ne pleurerai devant autrui, je serai fort et j'affronterai sans larmes mes derniers jours. Père, j'ai besoin de ta vie, non de ta mort, de ta joie, non de ton effroi.

Alors je me suis mis à pleurer moi aussi, debout, en allant vers lui. J'ai pris sa tête inerte entre mes bras (ainsi que j'avais vu ma mère le faire), avec un coin du drap j'ai essuyé ses larmes, je l'ai bercé comme un enfant, et bientôt il a cessé de pleurer et je l'ai posée doucement sur l'oreiller et il a dormi du sommeil du juste.

18

Au réveil il était d'une humeur massacrante, ses yeux rougeoyaient comme des braises sous les cendres de la nuit passée. Sa douleur le rendait dangereux, il se renfrognait devant la sombre perspective de la morne journée qui s'annonçait. Il a commencé par le rituel ordinaire du vin, tirant un cruchon du carton avant de l'incliner sur son coude pour téter avec l'avidité d'un nouveau-né. Il s'est tourné vers moi en grommelant tandis qu'il rebouchait le cruchon.

— Debout. C'est l'heure.

Je me suis assis et j'ai tendu le bras vers mon jean. Il a traversé la chambre en direction de la fenêtre pour regarder le paysage sinistre, noyé dans le brouillard.

— J'aime pas cet endroit, il s'est plaint. J'ai été cinglé d'accepter ce boulot.

— Alors laissons tomber. Tirons-nous d'ici.

— Le seul truc à faire, c'est de bosser le plus vite possible. Pour avoir fini dans quatre ou cinq jours.

— Je croyais que tu avais parlé de dix jours.

— Va prendre ton petit déjeuner. On a du pain sur la planche.

Quand il est sorti, il régnait une certaine activité

sur le parking ; des moteurs de voiture toussaient et crachotaient dans l'air froid et piquant à mesure que les clients du motel se préparaient à partir. On aurait dit qu'il allait neiger quand je suis sorti, de gros nuages pesaient comme une chape sur le paysage lugubre et désolé. Dans le sud à cette heure, je me serais prélassé au lit en regardant la mer et le soleil qui entrait à flots dans ma chambre. Je m'imaginais enfiler un peignoir pour boire la première de dix tasses de café, prévoir une promenade sur la plage tiède et déserte, ou peut-être un bain de soleil, une journée de repos rêveur et d'indolence calculée en repoussant une ou deux heures de travail jusqu'à la fin de l'après-midi, quand cela deviendrait inévitable.

Malgré l'absence de tout restaurant au motel, notre arrangement avec Ramponi incluait la pension. J'ai traversé le bureau vers la cuisine, où Mme Ramponi préparait mon petit déjeuner, car mon père l'avait prévenue de mon arrivée. Nous nous sommes dit bonjour, je me suis assis à la table et lui ai demandé si mon père avait pris un bon petit déjeuner.

— Café cognac. Il a rien voulu d'autre.

Elle semblait plus fraîche que la veille au soir ; elle avait des yeux pâles, des sourcils blancs et la peau propre, récurée, d'une Suédoise ou d'une Allemande. Quand Ramponi n'était pas là pour l'écraser, elle était vivace, agréable et plutôt plaisante pour une femme mûre. Un foulard bleu entourait ses cheveux bouffants, son corps était vêtu du genre de tablier très long, à nombreuses poches, qu'affectionnent les porteurs d'hôtel. Le couvert était mis sur la table ; elle m'a servi un steak avec deux œufs, des toasts et du café.

Mme Ramponi était loquace, désireuse de parler,

une bête de somme qui aimait papoter au sujet de ses tâches et de ses corvées, car elle s'occupait absolument de tout : enregistrer les clients, porter leurs bagages, nettoyer les chambres, laver le linge, tenir la comptabilité, diriger toute l'affaire. Elle m'a dit que Sam n'avait jamais levé le petit doigt pour l'aider.

— Et pourquoi ça ?

— Il travaille à Reno.

— A Reno ?

— Il s'occupe de la table de blackjack à *La Pépite bleue.*

Tout en savourant l'excellent steak, j'ai réfléchi à la partie de poker de la veille au soir qui avait eu lieu à cette même table — Sam Ramponi, calculateur lucide, joueur professionnel, mesurait ses talents à ceux de trois vieux amis, ronds comme des queues de pelle. Sam avait ratissé le contenu de leurs portefeuilles, lesquels ne contenaient sans doute pas grand-chose.

Mme Ramponi m'a regardé avaler ma dernière bouchée de steak.

— Il y en a encore, elle a roucoulé en tirant de la poêle un morceau de viande grésillante, qu'elle a posé dans mon assiette.

— Vous cuisinez rudement bien, madame Ramponi.

Elle a hoché la tête d'un air bizarre.

— Y a pas que ça que je fais rudement bien, elle a rigolé. Vous me prenez peut-être pour une simple servante ici, la régulière de Sam Ramponi, mais croyez-moi, c'est pas le cas.

Ses yeux inquisiteurs se sont lentement approchés de moi, et j'ai perçu la tendre palpitation de ma libido. Ça m'a fait un choc. Cette vieille dame douce aux yeux bleus me faisait-elle du plat ? Impossible.

Les femmes ne me faisaient plus jamais de plat, même pas la mienne. Dernièrement, mon unique réaction sexuelle avait été provoquée par des rêveries romanesques sorties toutes chaudes de ma machine à écrire.

Je me suis remis à couper ma viande pour échapper à son regard scrutateur.

— Dites-moi, madame Ramponi, pourquoi ce fumoir ?

— Pour fumer de la viande, tiens. Du gibier.

— Sam chasse le cerf ?

— C'est moi qui m'occupe de la chasse dans cette famille, elle a dit avec fierté.

Elle était si menue, si douce et avenante que j'ai eu du mal à le croire.

— Vous n'avez pas le profil de l'emploi.

— Quel profil ?

— Celui du chasseur, la personne qui traque les cerfs dans la forêt.

— Je ne les traque pas. Je me poste sur la véranda de derrière pour les tirer. Suffit de jeter un peu de grain sur la neige, et ils suivent la piste jusqu'à la porte. Alors je les descends.

Elle a agité le coude comme si elle appuyait sur la gâchette d'un fusil.

— Ça revient à les piéger. C'est illégal.

— Pas s'ils piétinent vos récoltes.

Ça m'a fait sourire.

— Quelles récoltes, madame Ramponi ?

Elle a croisé les bras.

— Je fais pousser plein de choses ici. Et puis je ne vous ai pas entendu vous plaindre des steaks que vous venez d'engloutir. Ça aussi, c'était un piège. Le dernier, je l'ai descendu à trois mètres. Ma balle s'est logée pile entre ses yeux.

Je me suis contrôlé. Je n'ai rien pu répondre. Mon

assiette était vide. Et de fait, la viande engloutie. Comment cette vieille dame angélique avait-elle acquis une envie de tuer aussi violente ? Pcut-être croyait-elle occire Sam Ramponi chaque fois qu'elle descendait un cerf ?

— Je ne vous crois pas, j'ai dit en me levant. Vous n'êtes vraiment pas le genre de personne à abattre un cerf affamé. Ce n'est pas dans votre nature. J'en suis convaincu ! Vous êtes beaucoup trop bonne pour ça.

Elle a froncé les sourcils en réfléchissant à mes paroles pendant que je pivotais sur mes talons et m'éloignais. Puis elle m'a rattrapé d'un pas vif.

— Dépêchez-vous pour le fumoir, elle a commandé. Je vais en avoir besoin très bientôt, dès que la neige arrivera.

J'ai trouvé le vieux Nick assis sur un rocher, en train de tailler des piquets de bois avec une hachette.

— Hé, j'ai fait. Comment tu t'en es tiré, de cette partie de poker ?

— Ça n'intéresse personne.

— J'ai une bonne raison pour me renseigner.

— Parfois on gagne, parfois on perd.

Du menton, il a désigné le tas de sable.

— Tamise-moi un peu de sable.

— Tu savais que Sam Ramponi est un pro, qu'il dirige une table à Reno ?

— T'as rien de plus original à m'apprendre ?

— Il vous a plumés tous les trois, pas vrai ?

— Il m'a piqué huit dollars.

— Et à Lou et Zarlingo ?

Il a tendu le bras.

— Tu vois cette pelle ? Elle n'attend que toi.

Le soleil a soudain jailli en perçant le brouillard ; les nuées se sont dissipées, la chaleur s'est déversée du ciel. Nous étions en un lieu enchanteur, une île dans la forêt, une clairière bordée d'arbres gigantesques. Bien sûr qu'il y avait des cerfs. Un petit torrent coupait la propriété en deux et gargouillait parmi les rochers. Le chalet des Ramponi se dressait à une cinquantaine de mètres seulement, la fenêtre de la cuisine donnait sur la clairière. Et moi j'étais là, en train de tamiser du sable pour préparer le mortier qui tiendrait les pierres des murs de l'abattoir où Mme Ramponi fumerait les cerfs qu'elle aurait descendus en les attirant près de sa fenêtre. Je tamisais mon sable en songeant : merde alors, qu'est-ce que je fous ici ?

Le vieux s'est mis à se déplacer d'un angle à l'autre de la dalle pour planter ses piquets et leur fixer des fils. C'était une opération simple, mais elle l'a tellement épuisé qu'il est retourné s'asseoir sur son rocher. Il a retiré son chapeau marron défoncé ; la sueur lui collait les cheveux sur le crâne.

— Va chercher le cruchon, il a dit.

J'ai regardé la paume de ma main gauche et vu ma première ampoule.

— C'est un peu tôt, non ? j'ai fait.

Piqué au vif, il a porté son pouce à sa bouche, puis l'a rabattu vivement vers moi, un geste ordurier italien dont je n'ai jamais compris le sens, bien que durant toute sa vie mon père l'eût fait trois à quatre fois par jour. Je croyais en fait qu'il signifiait : colle-toi ça au cul. Alors il s'est dirigé d'un pas lourd vers les chalets.

Je suis resté là à suçoter mon ampoule en examinant le tas de pierres : des blocs gris de granit grossièrement taillé. Je me suis penché pour soulever l'un des plus petits. Il n'était pas lourd ; non, il pesait simplement un poids absurde, incroyable, au moins cinquante kilos, alors qu'il n'était pas plus gros qu'un ballon de basket. Les autres étaient comme celui-ci, ou plus gros. Je pourrais l'aider à porter les plus petites pierres jusqu'au mur, mais ç'allait être un véritable calvaire pour un homme de soixante-seize ans aux mains fragiles et aux muscles atrophiés qui depuis cinq ans n'avait pas pris le moindre exercice. Il risquait de se blesser le dos, de s'éclater un vaisseau ou de se faire une hernie. J'avais déjà remarqué ses yeux injectés de sang. Le vin avait fait son œuvre, les dégâts étaient irréversibles. C'était de la pure folie que de jouer ainsi avec le feu, mais mon paternel était fou, le fardeau de son inutilité était délirant, et la conviction que toute son existence s'achevait dans ce combat contre des pierres était le plus absurde de tout.

Pourquoi avait-il accepté ce chantier? Un fumoir pour de la viande de cerf! Vingt ans plus tôt il aurait sans doute refusé pareil boulot en prétextant que le site du chantier était trop éloigné de chez lui, en jugeant l'entreprise trop insignifiante pour son orgueil.

Il pouvait bien sûr choisir un autre mode de vie pour ses derniers jours — se payer sa cuite quotidienne au *Café Roma,* par exemple. Ou bien rester vautré dans son salon à regarder la télé en supportant le caquetage de sa femme qui lui servirait des assiettes de pasta et supputerait les joies et les tristesses du veuvage. Ou encore, il pourrait rester assis sur la véranda qui dominait Pleasant Street afin de jouir du spectacle palpitant du chien ou de l'être humain qui passerait dans la rue toutes les heures. Ou encore cultiver des tomates et des poivrons verts dans la cour. Mais rien de tout cela ne convenait à Nick Molise. Il désirait un mur à construire — un point c'est tout. Il se fichait de quel mur il s'agissait, du moment que ce mur lui valait le respect de ses amis qui le sauraient alors aux prises avec le monde, un travailleur, un bâtisseur.

Il est revenu du chalet en balançant le cruchon au bout de son bras, l'air requinqué, heureux. Il m'a offert à boire, j'ai bu une gorgée.

— Mets-le au frais dans le torrent, il a dit. J'ai plongé le cruchon dans l'eau glacée et l'ai laissé couler au fond.

Nous avons préparé le mortier, puis j'ai porté un plein seau jusqu'aux planches disposées dans un angle de la dalle. Il l'a mélangé avec sa truelle, touillé, pétri jusqu'à la consistance voulue. Alors il m'a montré l'une des plus petites pierres.

— Celle-là.

Je l'ai soulevée puis portée vers la dalle. Il a aménagé une couche de mortier, puis m'a pris la pierre des mains. L'instant de vérité était arrivé. Son visage a viré au violet, ses yeux ont jailli de leurs orbites ; il a lâché la pierre, puis est tombé à genoux. Il a essayé encore. Cette fois il a réussi à installer la pierre dans le mortier, mais il pestait en italien, il injuriait la pierre, le monde, lui-même. Il n'a pas apprécié ma présence, il m'a injurié aussi.

Pour le calmer, je lui ai dit :

— T'inquiète pas, t'es pas encore en forme, voilà tout.

— La ferme.

Il m'en a montré une autre avec sa truelle.

— Celle-là.

Elle aussi pesait une bonne cinquantaine de kilos. Je l'ai portée vers lui.

— J'ai une proposition à te faire, papa. Tu étales le mortier, je pose les pierres.

— La ferme.

Il a étalé le mortier et m'a pris la pierre des mains en luttant furieusement contre la pesanteur, écrasé sous son poids, mais il a réussi à la placer correctement.

Deux heures plus tard nous avions utilisé toutes les petites pierres et il a essayé de se redresser, mais le bas de son dos était bloqué et il n'a pas réussi à se relever. Plié en deux comme un singe, il a rejoint la berge du torrent d'un pas traînant et il a tiré le cruchon de l'eau. Il s'est installé par terre sur le ventre pour téter le vin frais. Ses traits s'étaient affaissés en une expression lugubre et déçue, ses yeux s'enfonçaient dans leurs orbites. La forêt se penchait vers lui pour compatir à sa douleur. Les arbres soupiraient. Les oiseaux inquiets murmuraient. Le bleu du ciel l'observait avec pitié. Mon père, mon pauvre vieux père ! Il était battu et il le savait, mais jamais il ne le reconnaîtrait. Il avait dressé son lot de murs en pierre, des églises et des écoles, au moins une bibliothèque, mais aujourd'hui il avait un mal de chien à bâtir un fumoir de trois mètres sur trois, sans la moindre fenêtre et doté d'une seule porte.

Pourvu qu'il admette sa défaite, j'ai pensé, pourvu qu'il comprenne que ce boulot dépasse ses forces, n'est plus de son âge, et qu'il jette sa truelle pour se barrer de cette montagne à la con et rentrer à la maison. Et que Dieu bénisse les cerfs !

Je me suis affalé à côté de lui et j'ai pris le cruchon. Quel vin ! Il a revigoré ma bouche, ma chair, ma peau, mon cœur, mon âme ; et j'ai rendu grâce à Dieu pour les collines d'Angelo Musso. Nous sommes restés écroulés en silence, à écouter les oiseaux, en nous passant le cruchon.

Je lui ai demandé ce qui le tracassait.

— Va falloir qu'on casse ces pierres, qu'on fasse des petites avec les grosses.

Mme Ramponi est apparue avec un plateau de sandwiches posés à côté d'un bol de fraises.

— C'est l'heure de déjeuner, elle a dit.

Mon père a mordu une bouchée de son sandwich sans même regarder ce qu'il contenait.

— Bon, il a fait en le mettant de côté pour boire encore un coup.

Pour ma part, j'ai ouvert mon sandwich avec méfiance. Il contenait du jambon et de la mayonnaise. Mme Ramponi m'a observé avec une certaine gêne.

— Vous croyiez que c'était quoi, de la viande de cerf ?

Peu importait son contenu, je ne pouvais pas le manger.

Elle s'est tournée vers mon père.

— Nick, tu as l'air crevé. Tu devrais aller piquer un roupillon dans le chalet. Inutile de te tuer à la tâche dès le premier jour.

— C'est vrai, il a répondu.

Elle a fait demi-tour pour repartir vers le motel. J'ai enlevé mes chaussures et me suis mis les pieds dans l'eau. Il y avait une seule manière de saboter le fumoir de Ramponi : c'était de ne pas le construire. J'ai regardé mon père. Il dormait, le sandwich toujours serré entre les doigts. Je l'ai secoué.

— Va donc faire la sieste.

Il s'est levé en grimaçant, puis s'est dirigé vers le motel sur des jambes flageolantes. Les pieds toujours dans le torrent, je me suis assis pour manger les fraises. Puis je me suis laissé sombrer dans les bras de Morphée, et quand je me suis réveillé mon père n'était toujours pas là. J'ai mis mes chaussettes et mes chaussures avant de retourner vers notre chalet. Il n'y était pas non plus. Alors je l'ai repéré par la fenêtre de la cuisine. Il sortait furtivement par la porte de derrière du chalet six. Mme Ramponi l'a suivi. Ensuite, il s'est dirigé vers le fumoir, et elle vers le bureau du motel. J'ai attendu que le vieux ait disparu parmi les arbres, puis j'ai couru jusqu'au bureau. Je ne savais pas ce qui s'était passé entre eux dans le chalet six, sans doute rien, mais elle ne faisait aucun bien à mon père et puis de toute façon je la détestais. J'ai sonné à la réception, et elle est arrivée de la cuisine.

— Laissez mon père tranquille, je lui ai dit.

— Mais bon Dieu, de quoi parlez-vous donc ?

Mon attitude était absurde, mais je m'en fichais.

— N'essayez pas de toucher à mon père.

Le mépris a tordu ses lèvres.

— Si vous arriviez à la cheville de votre père, vous n'oseriez pas me parler sur ce ton. Dehors, espèce de morveux.

J'ai battu en retraite, honteux, plein de dégoût pour moi-même, en me demandant ce qui m'arrivait. J'ai porté ça au compte de l'altitude, de ces deux mille trois cents mètres de merde. On apercevait des créatures bizarres dans ces forêts mystérieuses, des gnomes, les fantômes de chercheurs d'or décédés depuis belle lurette, des survivants perdus de l'expédition Donner, et jusqu'aux traces de pas de l'Abominable Homme des Neiges. Tout ça commençait à me travailler.

Quand je suis arrivé sur le chantier, mon père semblait requinqué et le bas de son dos allait beaucoup mieux. Il a choisi une masse à long manche et s'est campé devant un gros bloc de granit long de soixante centimètres et large d'autant. Il voulait le débiter en blocs plus petits, plus manipulables. Debout à l'écart, je l'ai regardé balancer puissamment sa masse, assener une demi-douzaine de coups sourds jusqu'au moment où le bloc a commencé à se fendre, non pas en fragments nets et propres, mais en éclats et morceaux déchiquetés.

— Bon, il a fait, le souffle court. Voilà qui est mieux. Apporte-moi tout ça au mur.

Je les ai transportés et il les a mis en place, les gros comme les petits, les éclats comme les blocs. Je concassais le granit et il montait le mur. On s'en tirait au poil. Fatigué, il a réclamé du vin. Comme il ne pouvait pas se redresser, il se tenait comme un singe pour boire. Quand il s'est mis à transpirer, les auréoles qui sont apparues sur son dos et sous ses aisselles étaient rosées. Bah, j'ai pensé, après tout c'est nutritif, c'est du sucre de raisin, de l'énergie, et chaque fois j'ai bu avec lui. En fait, nous nous en tirions comme des chefs. Nous étions épuisés, hébétés de fatigue ; j'ai même cru voir un gnome avec un chapeau rouge dans la forêt quand le soleil est descendu derrière les arbres et que le mur du fumoir jaillissait vers le ciel.

A la tombée de la nuit nous avons arrêté de travailler. Nous aurions pu continuer au clair de lune, mais ça aurait frisé la folie. Et puis Sam Ramponi risquait de rentrer de Reno et de se moquer de nous. Les clients du motel se seraient demandé ce qui se passait. Nous avons décidé de nous en tenir là. Nous avions descendu deux cruchons. Et pissé l'équivalent de trois ou quatre. Ensorcelés, nous étions sujets à des vertiges. Le vieux Nick rigolait tout seul. Il est tombé à plat ventre sur le chemin du dîner. Je l'ai aidé à se relever en rigolant. Ramponi n'était pas chez lui. Mme Ramponi a rempli nos assiettes. C'était peut-être de la viande de cerf. Je n'en avais rien à secouer.

Mon père s'est endormi à table. Je l'ai porté jusqu'au chalet, puis déchargé sur le lit. J'ai dormi. Soudain, ç'a été le matin. Inutile de s'habiller, car je n'avais pas quitté mes vêtements de travail. J'avais la bouche pleine des vieux tennis de Mme Ramponi, et de poils de chien. J'ai chassé ce goût infect avec une gorgée de vin et nous nous sommes remis au boulot.

On se grouillait maintenant. Nous avions une seule idée en tête : nous barrer. Je faisais péter les grosses pierres, mon père les mettait en place dans le mur. Nous étions en mer, sur un radeau, obsédés par l'idée de battre un record de traversée. Bois un coup, fils. C'était une course. Bois un coup, papa. Pas de ligne de départ, pas d'arrivée non plus. Mais il fallait foncer. Il s'est débarrassé des ficelles. Il s'est débarrassé de son niveau de maçon. Il travaillait à l'instinct. Au jugé. Il baissait parfois la tête au ras du mur en fermant un œil pour vérifier son aplomb. Le mur montait, le vin descendait. A un moment j'ai levé la tête vers le ciel et demandé : « Quelle heure il est ? » Il a répondu : « Y a pus d'heure », et j'ai rigolé. Bon Dieu, qu'il était profond. Quand tout le vin a été éclusé, Ramponi en a rapporté de Reno. Juste à temps. Au moment précis de la dernière goutte du dernier cruchon. Du bon vin, de l'Angelo Musso.

19

Alors il s'est passé un truc bizarre. Mon père est mort. Nous travaillions d'arrache-pied, faisions valser le mortier et la pierre, quand j'ai soudain eu l'impression qu'il avait quitté le monde. J'ai scruté son visage et vu la mort écrite dessus. Ses yeux étaient ouverts, ses mains bougeaient, il bourrait de mortier les interstices de la pierre, mais il était mort, et dans la mort il n'avait rien à dire. Il s'éloignait parfois comme un spectre vers les arbres pour pisser. Comment pouvait-il être mort, je me suis demandé, et aller pisser contre un tronc ? Il était devenu fantôme, zombie, macchabée. J'ai voulu lui demander s'il se sentait bien, si par hasard il vivait encore, mais j'étais moi-même trop épuisé, trop occupé à mourir, trop las pour articuler ma question. Je distinguais parfaitement ma phrase écrite sur le papier, dactylographiée, encadrée de guillemets, mais tout cela était trop lourd pour que je réussisse à la prononcer. Et puis, quelle différence cela aurait-il fait ? Chacun doit mourir un jour.

Le quatrième jour, entre de longues goulées d'Angelo Musso, nous avons construit l'échafaudage ; il nous restait une soixantaine de centimètres à monter. Nick, qui était mort, ne ressentait plus la moindre douleur en installant les pierres. Il n'avait plus la moindre conscience professionnelle, ce n'était plus le maçon méticuleux, pointilleux, d'antan ; le mortier dégoulinait de partout sur le mur et faisait de gros pâtés à sa base. En bas, toujours vivant, je brisais les blocs, hissais leurs fragments sur mon épaule, puis les posais sur l'échafaudage ; et alors un jour, je ne sais plus quand, je suis mort aussi.

J'ai sans doute décédé avec courage et en silence, car je ne me rappelle ni lamentations ni larmes. D'abord il y a eu cette douleur déchirante dans la région lombaire, due au maniement de la grosse masse, puis cette douleur a disparu, comme si elle s'était évanouie dans la forêt, comme toutes les autres douleurs — mes pieds à vif, mes mains couvertes d'ampoules, la palpitation de mes reins —, une à une elles ont toutes disparu et j'ai senti mon système nerveux cesser de fonctionner. Le jour où je mourrais une deuxième fois, je me suis dit, et sans doute pour la dernière fois, il faudrait que je me rappelle d'affronter la mort comme ce jour-là dans les montagnes, succombant à la mort comme si elle était ma bien-aimée, la prenant dans mes bras en souriant.

L'autre défunt, mon ami, mon paternel, m'a accueilli par-delà le seuil de l'existence avec un regard aussi vide qu'un carreau de verre quand je lui ai tendu une lourde pierre et qu'il l'a posée en peinant sur son lit de mortier.

Alors un incident comique est arrivé. Comme je tournais le dos à l'échafaudage, j'ai marché sur l'extrémité métallique d'une binette et le manche a jailli vers moi en m'assenant un coup terrible entre les deux yeux. Je n'ai pas ressenti la moindre douleur. Le coup m'a assommé, mais j'étais au-delà de toute souffrance.

Nous n'avons pas beaucoup vu Sam Ramponi, sauf le matin quand il partait en voiture pour Reno et qu'il nous saluait parfois de la main. Le cinquième jour, en fin de journée, il est arrivé à pas de loup et s'est arrêté près du chantier bras croisés, en regardant mon père debout sur l'échafaudage. Pas le moindre salut, pas la moindre parole de bienvenue, ni chez l'un ni chez l'autre. A la mine renfrognée de Ramponi, mon père a répondu par un regard lugubre mais soupçonneux. Ramponi ne pouvait pas se douter de notre décès; pourtant, il a senti un changement en nous, une espèce d'immatérialité spectrale et désincarnée. Il m'a lancé un regard gêné, puis est retourné d'un bon pas vers le motel en nous regardant une fois par-dessus l'épaule, comme quelqu'un qu'on aurait chassé.

Mme Ramponi aussi était perplexe et troublée. Si au début elle nous avait apporté notre déjeuner sur le chantier, elle posait désormais le plateau sur une souche, à une quinzaine de mètres de nous, puis elle retournait au motel à fond de train. Au petit déjeuner elle nous servait d'un air timoré, avec un respect craintif. Nous ressortions d'habitude par la porte de la cuisine, qu'elle verrouillait promptement derrière nous.

Dimanche après-midi, six jours après le début du chantier, mon père a posé la dernière pierre, et le fumoir a été achevé. Nous étions barbus et gris, ivres et infects, car nous avions travaillé et dormi dans les mêmes vêtements.

Agenouillés près du torrent, nous avons tété le cruchon en tournant nos visages hâves vers le résultat de nos efforts — une petite bâtisse trapue qui ressemblait à un bunker arabe dans le Sinaï. Ce fumoir était mal fichu et tout de guingois. On aurait dit que les pierres avaient été jetées dans le mur plutôt que posées l'une sur l'autre. Les murs ondulaient comme du linge qui claque au vent, tantôt convexes, tantôt concaves, pleins de bosses et de creux, et puis ils étaient très épais, beaucoup plus épais que ce qu'avait promis papa. Le mortier dégoulinait de partout et maculait la pierre. Malgré tous ces défauts esthétiques, ce fumoir semblait indestructible. Il ne manquait plus que le toit et la porte, tâches qui incombaient au charpentier. Molise et son fils avaient fini leur boulot.

Tous les environs étaient bouleversés, comme un champ de bataille après le carnage. Un nettoyage en profondeur s'imposait, ne serait-ce que pour accorder un minimum de dignité à ce fumoir loufoque. Il y avait des planches un peu partout, des bouts de bois de toutes tailles et formes, des fragments de pierre, des outils, des cruchons vides, des sacs de ciment, des assiettes en carton et des serviettes en papier, des restes de sandwich, des vêtements. Plus mon œil s'attardait sur le fumoir, plus il me paraissait délirant.

Ça ne ressemblait pas du tout à un bâtiment, davantage à une charretée de pierres déversées en vrac. Fatigué, ivre, en proie à des hallucinations, je me suis mis à voir une ancienne tombe indienne. Puis un iceberg. J'ai cligné des yeux et regardé encore. Maintenant c'était un ours polaire. Puis le mont Whitney, puis une formation rocheuse sur la lune. Le brouillard envahissait la clairière tandis que je roulais les tuyaux et rassemblais les outils. Quand j'ai regardé à nouveau la chose, c'était un navire qui avançait lentement dans la brume. D'inquiétantes bouffées délirantes m'ont expédié dare-dare vers les chalets.

A travers le brouillard j'ai aperçu la Cadillac de Sam Ramponi qui arrivait sur le chemin de l'hôtel. Il s'est arrêté à côté de moi. Il portait sa tenue de travail, costume noir en soie de Reno, chemise blanche, nœud papillon noir.

— Ça gaze ? il a demandé.

— C'est terminé.

Il a soupiré.

— Parfait. Ça ressemble à quoi ?

— A un fumoir, Sam. On peut pas s'y tromper.

— Je suis sûr que c'est pas le Taj Mahal.

— On n'y peut rien, j'ai rétorqué sur le ton du professionnel, en imitant mon père. Vous avez commandé les mauvaises pierres. Le quartz albâtre, c'est pour les pierres tombales. Ça va pas pour les murs. C'est trop lourd, trop difficile à manipuler. Tout bien considéré, nous avons fait un boulot remarquable.

Ses yeux d'obèse m'ont fixé.

— Tu peux me répéter ça ?

— Ce fumoir durera plus longtemps que ces montagnes. Si vous lui aviez commandé l'Acropole, mon père vous l'aurait construite. Vous vouliez un fumoir, aujourd'hui vous avez un fumoir.

Gros comme un morse qu'il était. Il a haussé ses épaules couvertes de soie, en se retenant de mettre de l'huile sur le feu. Alors c'est sorti :

— Moi je trouve que ça ressemble davantage à des gogues.

De sa poche intérieure il a sorti son portefeuille, en a tiré un chèque, et me l'a tendu.

— Donne ça à Nick. C'est ce que je lui dois.

Ce chèque m'a troublé. Tous ses éléments sentaient l'embrouille. Son montant était de mille cinq cents dollars, mais il n'était pas rédigé à l'ordre de mon père. Au contraire, mon père avait rédigé ce chèque payable à Sam Ramponi sur la Reno Bank and Trust Compagny. Je me suis creusé la tête pour essayer de comprendre cette transaction bizarre.

— Qu'est-ce que c'est que ça ? j'ai fait.

— C'est une dette de ton père, suite à la partie de poker.

J'ai ri.

— C'est absurde. Mon père n'a pas mille cinq cents dollars. Il ne possède même pas quinze cents. Il n'a pas de compte en banque depuis des années, et *jamais* il n'a eu le moindre compte à Reno.

Sam a posé un doigt boudiné sur le chèque.

— Et ça, c'est pas la signature de ton père ?

— Celle qu'il utilise quand il a un coup dans le nez, oui.

— Cuite ou pas cuite, c'est une pièce légale.

— Ça n'a rien de légal. C'est simplement un chèque bidon.

Il a tourné ses paumes vers le ciel, haussé les épaules.

— Alors il m'a fait un chèque bidon. C'est illégal. Ecoute, Tony, je veux pas faire d'histoires. Ton père et moi, on se connaît depuis toujours. Il me doit mille cinq cents dollars suite à notre partie de poker. Et moi, je lui dois quelque chose pour ce truc là-bas. Alors, il a souri avec un regard innocent, nous sommes quittes.

Il nous tenait, mon père et moi. Nous étions coincés. Piégés sans rémission. Bon Dieu, depuis combien de temps galérais-je dans ce cauchemar ? Arraché à la paix et à la tranquillité de mon foyer balnéaire, malhonnêtement contraint à devenir aide-maçon, entraîné à mon corps défendant dans ces montagnes avec trois cinglés, tout ça pour consacrer six jours infernaux à la construction de cette monstrueuse aberration ?

Ah, quelle douleur ! Ces ampoules ! Le dos lacéré

par la souffrance, les pieds torturés, le poids mort de ces pierres, le délire de notre épuisement, nos morts spectrales ! Combien de temps encore, Seigneur, combien ? Pourquoi étais-je ainsi puni ? J'ai fouillé dans mon passé. Etait-ce cette serveuse à Paris ? Les trois putes de Naples ? J'ai payé, Seigneur, j'ai payé et encore payé, comme une carte de crédit inusable. Fermez mon compte, ô Seigneur. Laissez-moi un peu le temps de souffler. Accordez-moi la paix. Je suis plus sage aujourd'hui, j'ai appris ma leçon. Il n'y aura plus de transgressions. Je retournerai dans le giron de l'Eglise, car désormais je suis vieux, trop vieux pour tout ça.

Ramponi, mon bourreau, escroc, tricheur. Rage. J'ai plongé vers lui par la fenêtre de la voiture, mes doigts ont serré son cou épais, mon esprit cherchait des insultes cruelles, obscènes — quelque chose de plus saignant que fils de pute. Mais comme la plupart des gros, ce type obèse était plus vif qu'un oiseau ; il s'est libéré en un clin d'œil, et tout ce que j'ai pu trouver s'est résumé à :

— Tu l'auras voulu, Sam Ramponi ! Tu vas le regretter !

Il a enfoncé l'accélérateur, la voiture a parcouru une quinzaine de mètres jusqu'au bureau du motel, puis elle s'est arrêtée. Je n'en avais pas fini avec lui. J'ai marché sur lui tandis qu'il sortait de sa Cadillac, prêt à encaisser mes coups, prêt à se battre, gros comme un morse.

Peut-être qu'il était de taille à me résister, peut-être que non. En tout cas il était aussi lourd qu'un hippopotame, et gras, un véritable homme pasta. Quant à moi, j'étais court sur pattes, trapu et fort comme un bœuf. A mon insu je m'étais préparé en vue de cette bagarre. Six jours sur le tas de caillasses. J'étais du fer. Il était plus vieux que moi, il avait plus de soixante-dix ans. J'étais un jeune de cinquante ans. Il n'avait pas une chance de s'en tirer. La rapidité jouait en ma faveur. Une génération nous séparait.

J'ai pris position devant lui, les poings levés entre nous. J'ai parlé :

— Tu as trompé mon père, Ramponi. Maintenant faut que tu rendes des comptes à son fils.

Il a levé les poings.

— J'ai trompé personne. Quand on joue aux cartes avec ton paternel, c'est pas la peine de tricher. On peut tout simplement pas perdre.

— Tu l'as plumé de quinze cents dollars ; t'appelles pas ça de la triche ?

— Je l'ai plumé de trois mille, Tony. J'ai réduit sa dette de moitié.

— Qui a modifié la mise ? Quand je suis parti, vous jouiez des vingt-cinq et des dix cents.

— C'est ton père qui a augmenté la mise. Il voulait que ça chauffe un peu. Il a dit qu'il laisserait tomber la partie si on déplafonnait pas la mise.

— Espèce de crapule ! Il était complètement saoul.

— Pas plus saoul que moi. Nous étions tous saouls.

Le silence s'est abattu sur nous. Des statues figées qu'on était l'un en face de l'autre, des Grecs de pierre. Médusés l'un par l'autre, redoutant le moindre geste. Qui allait frapper le premier — le coup fatal, le seul et unique ramponeau ? On s'est mis à décrire des cercles lents et appliqués. A la longue c'est devenu lassant. Puis c'est devenu très clair : nous n'avions pas envie de nous battre. Nous avions une chose en commun : la lâcheté.

Sam a été le premier à laisser tomber. Abaissant les poings, il a grommelé, pivoté sur ses talons avant d'entrer dans le bureau du motel. Ça m'a donné un sentiment de victoire. Dès qu'il a disparu, j'ai posé les poings sur mes hanches et ricané. Je me sentais très remonté quand je suis retourné vers notre chalet.

Le vieux prenait sa douche. J'ai sorti le chèque de ma poche pour l'examiner. Le problème était maintenant le suivant : devais-je le lui donner, ou valait-il mieux faire semblant de ne rien savoir ? En fait, ce n'étaient pas mes oignons. Il s'agissait d'une transaction privée, d'une dette de jeu entre Sam et lui. Et puis d'abord, je n'aurais jamais dû accepter ce chèque. Alors une solution m'est venue à l'esprit. J'ai pris une enveloppe à en-tête de l'hôtel, glissé le chèque dedans et collé le rabat. Bientôt mon père est sorti nu de la salle de bains et a filé au lit.

Je lui ai tendu l'enveloppe.

— Sam m'a dit de te donner ça.

Il s'est assis et a regardé l'enveloppe. Rassuré, il a constaté qu'elle était hermétiquement close, et il l'a déchirée. Un simulacre de sourire est apparu sur ses lèvres quand il a regardé le chèque.

— Ça faisait un bail que j'avais pas touché une bonne paie, il a dit.

20

Les éclairs et le tonnerre m'ont réveillé. Une pluie battante tambourinait sur le toit en pente. Le vent hurlait. Le chalet craquait. Quelqu'un frappait sur la porte avec ses poings. C'était Sam Ramponi, qui criait :

— Ouvrez ! Ouvrez !

Je me suis levé en titubant et j'ai ouvert la porte. La pluie s'est ruée sur moi comme un assassin. Ramponi et sa femme se tenaient devant moi sous le déluge ; il portait un imperméable plastique blanc dont les pans, malmenés par les bourrasques, entouraient son visage ; et elle en portait un rouge. Il a dirigé une énorme lampe électrique sur mon visage.

— Où est Nick ? il a beuglé.

— Au pieu.

— Réveille-le. On a de gros ennuis.

Il est reparti à fond de train ; le rayon de sa lampe transperçait des rideaux de pluie comme il essayait d'écarter l'imperméable de son visage. Tel un oiseau, Mme Ramponi le suivait en sautant par-dessus les flaques d'eau. Ils couraient en direction du fumoir.

J'ai enfilé mon pantalon, puis secoué mon père en criant et en retirant les couvertures. Nu, il s'est mis à trembler de tous ses membres, il s'est recroquevillé en fœtus sans laisser le boucan de l'orage le réveiller. Je l'ai abandonné à son triste sort, sur la trajectoire de la pluie qui s'engouffrait par intermittence dans la chambre. Chaque fois que les gouttes le mouillaient, il s'agitait dans son sommeil. J'ai enfilé un coupe-vent et plongé dans la nuit noire et tonnante.

Je courais vers le fumoir. La pluie criblait mon visage en frappant mon corps comme de balles liquides, joyeuses et qui hurlaient leur bonheur à tue-tête ; elles me disaient que l'orage avait abattu le fumoir, que le monstre était vaincu, terrassé, anéanti. Je riais aux éclats. J'espérais que c'était vrai. Le monstre avait succombé à l'orage, il n'y avait pas d'autre explication. Il était terrassé, sur le cul, fini.

Et il était bel et bien mort sous la pluie battante, réduit à un tas d'ossements, King Kong à l'agonie — les murs effondrés, sapés à la base, la pluie les lessivait impitoyablement, le tonnerre explosait boum boum, les éclairs aveuglaient zip zip, illuminaient la forêt comme mille soleils.

Main dans la main, les Ramponi se tenaient figés devant l'ogre vaincu, ils se recueillaient tête basse devant sa dépouille. Je me suis approché de Mme Ramponi. La déception assombrissait son visage, elle retenait ses larmes devant la perte de son fumoir bien-aimé, ses promesses de bonheur qui ne seraient plus jamais tenues. De mon côté, je ne parvenais pas à cacher le mien. J'ai saisi la main de Mme Ramponi, je l'ai serrée dans la mienne, je lui ai souri quand elle s'est tournée vers moi, et elle a vu tous les démons qui dansaient dans mes yeux.

— Quel dommage, j'ai dit en riant. Quelle honte.

Ramponi a examiné la ruine à la lumière de sa lampe électrique et j'ai repéré un certain nombre de pierres que nous avions eu le plus grand mal à intégrer au mur. C'étaient désormais des ennemis vaincus dont les cadavres s'entassaient sur le champ de bataille, un vrai Waterloo de caillasses, un spectacle grotesque sous la pluie diluvienne.

— Quel merdier, a grommelé Ramponi. Bah, finalement, c'est pas plus mal comme ça. C'était vraiment une horreur. Ça gâchait la propriété.

Il a saisi le bras de sa femme, puis ils se sont éloignés en pataugeant dans les flaques d'eau. Elle s'est retournée pour contempler une dernière fois le désastre. Ça m'a rappelé la femme de Lot.

— Dis à Nick que je le verrai demain matin, a gueulé Ramponi.

De retour au chalet, j'ai trouvé Nick Molise qui roupillait comme un bienheureux sous son tas de couvertures. On ne voyait même pas sa tête. Mais il s'était levé pendant que nous étions près du fumoir, car un nouveau cruchon était posé sur la table de chevet, le dernier du lot fourni par Ramponi.

21

Le lendemain matin l'orage était parti et mon père aussi. J'ai regardé le cruchon. Son niveau avait encore baissé. Je me suis habillé et suis sorti. La pluie avait lavé la forêt géante, plaqué la poussière au sol, purifié l'air et changé le monde. Les oiseaux gazouillaient, des tamias aux queues empanachées bondissaient de branche en branche comme des funambules. Toute la terre avait mis son costume du dimanche pour fêter le fiasco du fumoir. La mirobolante nouvelle avait sans doute atteint les confins célestes, car d'étranges nuages passaient dans le ciel pour observer les ruines.

Des voix furieuses venaient de la direction du fumoir. J'ai rappliqué en vitesse. Debout dans les gravats, mon père déblayait de petites pierres en essayant d'y voir plus clair dans ce monceau de ruines. Sam Ramponi semblait fou de rage. Il portait son costume de soie noire et mâchonnait un cigare.

— Fais donc pas ta tête de mule, il disait. Fiche le camp avant de tout perdre.

— J'ai rien à perdre ! a crié mon père en soulevant une pierre. J'ai déjà tout perdu.

— Où est le problème ? j'ai demandé.

— Ce crétin de mes deux veut tout recommencer.

Puis, à mon père :

— Barre-toi, espèce de fils de pute ! Remballe tes affaires et je te ramène chez toi !

Le vieux Nick a continué de manipuler des pierres. Ses yeux larmoyants trahissaient la fatigue du vieillard.

— Quel marché as-tu encore conclu ? je lui ai demandé.

— Aucun marché. On va faire ça bien, voilà.

Ramponi a hurlé :

— Je veux pas que ça soit bien ! Je me foutais qu'il soit moche ! J'en veux tout simplement pas, de ce fumoir à la con. C'est une idée de ma femme. Je déteste la viande de cerf. Je déteste le bœuf. Je déteste le porc. J'aime que le poulet et le poisson. Alors laisse tomber. Touche pas à ce tas de gravats ! Fais tes bagages et je te ramène au bercail.

— Non, c'est hors de question, a répondu papa. Nous allons rester ici. Et nous allons le reconstruire, même si ça doit prendre tout l'hiver.

Essoufflé, il s'est assis sur une pierre plate.

Ils pouvaient bien discuter, ils pouvaient bien se détruire ; j'en avais ma claque. Pas question que je remette ça. Je les ai laissés beugler et s'injurier, et je suis retourné au chalet. J'ai pris une douche et préparé nos sacs. Ensuite, j'ai lu un vieux journal. De temps à autre je marchais jusqu'à la porte ouverte et je tendais l'oreille vers le fumoir invisible, masqué par les arbres. Je n'entendais plus rien. Mais je savais qu'il était là, le cruchon posé sur les genoux. Je me suis dit que je faisais pour le mieux ; pourtant j'étais embêté, je me demandais si je n'aurais pas dû l'aider.

Vers midi Mme Ramponi est entrée en courant dans la chambre.

— Il est arrivé quelque chose à ton père.

Elle est repartie aussi vite vers la forêt et je l'ai suivie. Nick était allongé sur le dos au bord du torrent, le visage tourné vers le ciel, les yeux clos, il respirait profondément, avec difficulté. Quand je me suis agenouillé près de lui, il a ouvert les yeux et gémi. Mme Ramponi s'est accroupie pour toucher le visage congestionné de mon père.

— Crise cardiaque, elle a dit platement. J'ai déjà vu ça. Mon père en a eu une.

— Pourquoi il ne serait pas tout simplement saoul ? Moi aussi j'ai déjà vu ça.

— Essayons la respiration artificielle.

Elle s'est agenouillée près de lui, elle a respiré profondément, puis a collé sa bouche contre celle de papa en insufflant de l'air dans sa gorge. Ça l'a réveillé en sursaut. Il a ouvert les yeux, découvert le visage de Mme Ramponi, et poussé un cri de protestation en la repoussant. Elle a serré la tête de mon père entre ses mains pour remettre ça.

— Non ! il a grondé. Laisse-moi tranquille, bordel !

J'ai pris un peu d'eau du torrent dans mes mains pour la lui jeter au visage. Il a léché l'eau sur ses lèvres.

Mme Ramponi s'est relevée.

— Cet homme est en train de mourir.

— Il est saoul, voilà tout.

— Surtout, le déplace pas. Je vais chercher une couverture. Faut pas qu'il prenne froid.

Elle a filé comme une flèche. J'ai fait asseoir mon père, mais il était aussi flasque qu'un paquet de chiffons, et sa tête ballait. Je m'attendais à avoir beaucoup de mal à le hisser sur mon dos, mais il était d'une légèreté inquiétante, pas plus lourd qu'un sac de jouets quand je l'ai porté vers le motel. Dès que

Mme Ramponi nous a vus arriver, elle est devenue très agitée.

— Pose-le par terre ! T'es en train de le tuer !

Je suis passé devant elle et j'ai porté papa dans le bureau, où je l'ai installé sur un canapé en cuir. Elle l'a couvert d'une couverture légère, et une fois encore elle a essayé la respiration artificielle. Il a hoqueté, s'est débattu en grimaçant pour la repousser.

— A boire, il a dit. De l'eau.

De l'eau ? Incroyable. Il buvait rarement de l'eau. Il devait être très gravement malade. Mme Ramponi lui a apporté un verre d'eau de la cuisine, elle l'a approché de ses lèvres à lui et il a bu avidement.

— Encore.

Il a bu deux autres verres avant de sombrer dans un profond sommeil. Son visage était brûlant et sec sous mes doigts. Il n'était pas ivre. Il semblait très fatigué, ses muscles épuisés étaient complètement relâchés. Il a marmonné, ouvert les yeux, tenté de se lever.

— Vécés...

Il a écarté la couverture et s'est levé en titubant. Je l'ai aidé à traverser la cuisine jusqu'aux vécés, il s'est campé devant la cuvette, endormi, oscillant d'avant en arrière. Alors que je le raccompagnais vers le bureau, il m'a entraîné en direction de l'évier de la cuisine.

— De l'eau.

Il a bu encore trois verres, puis est retourné aux toilettes. Je l'ai maintenu à la verticale en lui serrant la taille de mes bras. L'opération a été aussi compliquée, interminable, que la première fois. Enfin, il a été de nouveau allongé sur le canapé en cuir, en proie à une léthargie sinistre, le souffle rauque et sifflant.

Mme Ramponi a dit :

— Tu sais ce que je pense ? Cancer de la vessie. Mon oncle a eu ça. On ferait mieux d'appeler une ambulance. Je veux pas qu'il meure ici.

Elle a poussé le téléphone vers moi.

— Service des ambulances de Tahoe.

Elle m'a donné le numéro.

J'ai appelé l'opératrice et j'ai demandé le docteur Frank Maselli à San Elmo. Depuis plus de quarante ans mon père était suivi, bien malgré lui, par le docteur Maselli, qu'il évitait autant que possible, car ce médecin lui prescrivait invariablement la même cure : arrêter de boire.

La première question de Maselli au téléphone a été : — Est-il saoul ?

Je lui ai répondu qu'il n'était pas saoul ; ensuite, alors que je commençais à décrire l'état de mon père, le docteur Maselli m'a coupé.

— A-t-il soif ?

— Très.

— J'espère que vous ne lui donnez pas de vin.

— Juste de l'eau.

— Pisse-t-il beaucoup ?

— Des litres.

— Va sentir son haleine.

— Quoi ?

— Va sentir l'haleine de ton père.

J'ai posé le récepteur, je me suis penché au-dessus de mon père pour humer l'air qui sortait bruyamment de ses poumons.

— Ça sent une odeur douceâtre, j'ai dit au docteur.

— C'est donc enfin arrivé.

— Quoi donc, docteur ?

— Où êtes-vous ?

Je le lui ai dit.

— A combien de miles d'Auburn ?
— Une cinquantaine.
— Emmenez-le à l'hôpital d'Auburn le plus vite possible. Je vous retrouve là-bas.
Il a raccroché. Je me suis retourné vers Mme Ramponi.
— Vous pouvez nous conduire à l'hôpital d'Auburn ?
— Seigneur, oui.

22

C'était un coma diabétique.

Il y sombrait lentement depuis plusieurs jours déjà, et cinq heures ont passé avant que le docteur Maselli et un médecin de l'hôpital d'Auburn ne réussissent à l'arracher à l'abîme comateux pour le ramener à la conscience. Ils ont purgé son sang en le mettant sous perfusion d'eau salée et en lui faisant des piqûres d'insuline. Il a réagi très violemment à l'insuline, son corps s'est tétanisé, et ils ont dû lui injecter du saccharose, lequel a relevé brusquement le taux de sucre de son sang. Ensuite ils ont fait de nouvelles piqûres d'insuline, à des doses moins fortes, jusqu'à ce que son taux de sucre soit plus ou moins stabilisé. J'ai attendu à la réception de l'hôpital en regardant l'embrasement du coucher de soleil.

Vers huit heures ce soir-là le docteur Maselli est arrivé. Il était petit, assez gros, un chérubin de soixante-treize ans ; un toubib à l'ancienne mode, excellent médecin de famille, doté des joues roses de l'amateur d'Angelo Musso. En toutes circonstances il réussissait à paraître gai et compatissant, mais c'était en fait un professionnel glacé qui donnait le moins d'informations possible à ses patients.

Il adorait le mystère. Quand il vous prenait la

température ou la tension, il ne vous annonçait jamais les chiffres obtenus. Il s'occupait de la famille Molise depuis maintenant d'innombrables années — de leurs fractures en tout genre, des rougeoles, des oreillons, des bronchites et des chtouilles, des coliques et des grippes, de la vésicule biliaire de maman, de ses douleurs dorsales et de ses étranges maladies féminines. De temps à autre il massait la prostate contractée de mon père et prescrivait des cachets pour des maladies confidentielles. Mon père appréciait Maselli non pas pour ses compétences médicales, mais parce qu'il ne disait rien à ma mère. En tout cas, une chose était certaine : Maselli était l'homme qui connaissait le mieux mon père.

— Comment va-t-il ?

Maselli s'est affalé dans un fauteuil en cuir.

— Il est hors de danger maintenant. La suite ne regarde que lui.

Il a coupé le bout d'un cigare avec ses dents, puis m'a raconté ce qu'on avait fait pour le tirer de son coma.

— Il va guérir alors ?

— Ça m'étonnerait.

Il a allumé son cigare.

— Ton père est un alcoolique, tu le sais. Un alcoolique doublé d'un diabétique. » Ça a paru l'amuser. « Intéressant, non ?

— Je ne savais pas qu'il était diabétique.

— Un cas limite depuis des années. Je l'ai averti maintes et maintes fois, mais il a toujours refusé de se soigner. Il a fini par accepter de prendre de l'*Orinase* — il s'agit d'un cachet — mais ça ne sert à rien si tu es saoul en permanence.

— Et maintenant ?

— Insuline.

— Et la pédale douce sur le pinard, j'ai fait.

— La pédale douce, tu parles. Va falloir qu'il s'arrête d'un coup. Après tout, le vin n'est rien de plus que du sucre de raisin. Mortel. Faudra aussi qu'il limite les pasta et le pain. De toute façon, il mangeait trop de pain.

— Il va y arriver, doc.

J'ai dit ça machinalement, le cliché habituel.

— Je n'en suis pas sûr. Chez ton père, le désir de mourir est plus fort que celui de vivre.

— C'est pas vrai, doc, j'ai insisté, en m'enfonçant davantage dans les clichés. Il a une volonté de fer Vous auriez dû le voir là-haut, il voulait absolument terminer ce fumoir.

Maselli a froncé les sourcils d'un air pensif.

— Cette histoire de fumoir m'inquiète. Enfin quoi, tu dis bien qu'il a bousillé son boulot. Alors que ton père n'a jamais monté un mur de travers de sa vie.

— Il était malade, épuisé.

— Il est malade, épuisé, quasiment diabétique depuis des années, mais il a toujours fait du bon boulot. Sauf cette fois-ci... Je ne sais pas. C'est bizarre.

Je me suis rappelé la dette envers Ramponi, l'humiliation qu'elle avait sans doute causée à mon père, mais je n'en ai pas parlé au médecin, qui sans prévenir s'est mis à disserter sur l'état de santé de mon père avec une précision telle que j'en suis resté comme deux ronds de flan. Nick Molise souffrait d'hypertension. Son cœur présentait un défaut du myocarde. Son foie, beaucoup trop gros, fonctionnait mal. Il avait des kystes aux reins. Il souffrait d'infections chroniques de la vessie. Ses yeux présentaient tous les signes avant-coureurs de la cataracte. Par-dessus le marché, le diabète...

Quand il a eu déballé tout son boniment, Maselli a

paru soulagé, comme s'il aurait dû lâcher le morceau depuis belle lurette, comme s'il dégageait toute responsabilité et repoussait toute culpabilité vis-à-vis de la ruine ambulante qu'était mon père. Ça m'a déprimé, j'avais la gorge serrée en allant vers la fenêtre pour regarder la nuit tomber telle une chape de plomb, les arbres obscurs autour des bâtiments de l'hôpital, les voitures qui roulaient lentement dans la rue à cause du brouillard. Maselli m'embêtait. Pourquoi m'avait-il balancé tout ça ? Pendant des années il était resté muré dans le silence ; maintenant il se rattrapait. Pourquoi fallait-il que je souffre aussi ?

— Une question de survie, il a dit vaguement.

— J'aimerais voir mon père maintenant.

— Il est sous tranquillisants. Reviens demain.

Je suis sorti, j'ai descendu les marches de l'hôpital en redoutant la tâche ingrate qui m'attendait, ma mère, ses lamentations, ses larmes. Dans le car qui me ramenait à San Elmo, j'ai envisagé de ne pas m'arrêter dans cette bourgade déprimante, mais de poursuivre au-delà vers l'aéroport de Sacramento, d'où je prendrais l'avion pour rentrer chez moi.

Depuis combien de temps étais-je maintenant parti ? Un mois ? Un an ? Où était passé mon amour de l'écriture, l'urgence d'écrire ? Je me suis vautré dans la fange de l'apitoiement. Mon père agonisait à l'hôpital, et je ne ressentais qu'une compassion tragique envers moi-même. J'étais de retour à la conserverie Toyo, où je pelletais de l'engrais, déchargeais des camions, j'étais à la Mission du Saint-Esprit où je mangeais du pain et du ragoût, j'étais dans la prison de Lincoln Heights pour vagabondage. J'étais redevenu la lie, la parfaite incarnation du lumpen prolétariat, le fils d'un maçon malchanceux qui toute sa vie s'était battu pour avoir une modeste place au soleil. Tel père, tel fils. Ah,

Dostoïevski ! Si Fiodor était sorti de la brume pour me poser la main sur l'épaule, son geste n'aurait pas eu le moindre sens. Comment un homme peut-il vivre sans son père ? Comment peut-il se réveiller chaque matin et se dire : mon père a disparu à tout jamais ?

23

Toutes lumières éteintes, la maison de ma mère était plongée dans l'obscurité quand je suis entré dans le jardin ; mais j'ai remarqué la porte ouverte et entendu le grincement du fauteuil à bascule sur la véranda, puis la voix de ma mère :

— Il est mort ?

Sa voix ne trahissait aucune angoisse, aucune émotion, seulement l'humble acceptation de l'inévitable.

— Non, maman. Je reviens juste de l'hôpital.

— Comment va-t-il ?

— Ça va, j'ai répondu en repérant une partie de son visage dans les ténèbres. Le docteur Maselli est à son chevet.

Je me suis assis en haut des marches de la véranda, puis appuyé au poteau.

— Ça devait arriver, elle a dit. Je l'ai senti venir. C'est le cœur ?

— Il est diabétique.

Elle s'est levée, puis a embrassé le rosaire blanc qu'elle tenait.

— Son père est mort du diabète

— A quel âge ?

— Jeune. Il n'avait que quatre-vingt-huit ans. Peut-on lui rendre visite ?

— Peut-être demain.

— As-tu faim ? J'ai préparé un pâté en croûte.

Je l'ai suivie dans la maison. Le pâté en croûte était dans le four. Ça ne m'a guère paru appétissant, comme si ce pâté était destiné à mon père, pour son dîner ; je n'ai pas réussi à en manger. Alors que j'étalais du beurre de cacahuète sur une tranche de pain, ma mère s'est matérialisée sur le seuil de la cuisine. Elle portait une robe grise et bleue, un châle noir sur la tête.

— Je vais à l'église.

— A cette heure-ci ? Elle est fermée.

— Plus maintenant. Le père Martin laisse les portes ouvertes toute la nuit.

— Vas-y demain matin.

— Non, tout de suite. Je veux prier.

— Je vais appeler un taxi.

— Non. J'ai envie de marcher.

Après son départ, j'ai senti le beurre de cacahuète se coller à mon palais et j'ai imaginé ma mère en train de parcourir ces sept blocs dans la nuit, de traverser la voie de chemins de fer, de passer devant la scierie pour s'engager dans Pacific Street jusqu'à l'église en bois du quartier mexicain. Je suis sorti pour la rattraper.

Après une brève course je suis arrivé à sa hauteur, mais elle a continué de marcher comme si elle ne s'apercevait pas de ma présence, en proie à une détermination tranquille et à de mystérieuses pensées. Comme elle semblait belle par cette nuit tiède, marchant dans la pénombre d'une rue bordée de maisons décrépites, toujours amoureuse du tyran domestique maintenant hospitalisé, son visage aussi doux qu'une colombe ; elle se déplaçait d'un pas allègre et me rappelait une vieille photo d'elle en chapeau à large bord dans Capitol Park à Sacramento quand elle avait vingt ans, souriante, appuyée contre un arbre, si adorable autrefois et si émouvante aujourd'hui que j'ai eu envie de la porter dans mes bras comme un amoureux pour lui faire franchir le seuil de l'église.

Il était presque minuit, mais l'église était loin d'être déserte. Ça m'a rappelé un proverbe italien : « Quand on voit une foule de femmes, l'église est proche. » Une douzaine de femmes étaient agenouillées sur les prie-Dieu, toutes portaient des châles, toutes avaient l'âge de ma mère, la plupart priaient devant l'autel de la Vierge. Ma mère est restée dans le fond de l'église, elle s'est installée dans une rangée, puis agenouillée pour embrasser la croix de son rosaire. Je me suis agenouillé à côté d'elle et j'ai écouté craquer et gémir le vieil édifice en bois après la chaleur de la journée. J'ai respiré l'odeur ancestrale de l'encens et des fleurs fraîches, comme de mariages succédant aux funérailles, et sur les murs situés derrière les rangées de cierges les ombres bondissaient.

La paix a envahi le visage de ma mère. Elle ne s'était pas mariée dans cette église, mais tous ses enfants y avaient été baptisés, puis éduqués par les religieuses de la paroisse. Maintenant sa foi la nourrissait et les mouvements de ses lèvres prouvaient qu'elle s'imprégnait de la magie du lieu.

Quand je suis resté agenouillé à côté d'elle pendant une heure, j'ai souffert de courbatures et me suis assis sur le banc en joignant les mains. Elle s'est bientôt assise elle aussi, le rosaire entre les doigts. Epuisé, somnolent, je me suis allongé sur le banc et j'ai fermé les yeux. Les doigts de ma mère m'ont caressé les cheveux, elle m'a tiré vers elle pour que je pose ma tête sur ses cuisses tandis qu'elle me souriait. Les perles dansaient au-dessus de mes yeux quand je me suis endormi. Nous avons passé toute la nuit ainsi, avant de rentrer à la maison dans l'aube d'un jour nouveau, le long de rues qui réclamaient des nouvelles de mon père et nous demandaient pourquoi il n'était pas avec nous.

24

Après le petit déjeuner j'ai téléphoné à Virgil pour lui dire que notre père était à l'hôpital d'Auburn. Sans me laisser le temps d'ajouter un seul mot, il m'a demandé :

— Il est saoul ?

— Il n'est pas saoul. Il est malade.

— Ça va coûter dans les combien ?

— Il souffre d'un diabète très grave. Il est resté cinq heures dans le coma.

— Le diabète ? » Ça l'a soulagé. « C'est rien du tout. Il a une mutuelle, tu sais.

— Il a failli crever.

— Et alors ? Il est vivant, non ?

— Tout juste.

Après un silence

— Pfff.

Je lui ai dit que maman faisait à dîner pour la famille proche à six heures et qu'elle tenait à ce qu'il vienne. Ensuite nous irions rendre visite au vieux à l'hôpital d'Auburn.

— C'est pas possible, il a répondu. Ce soir, je joue au bowling.

— Fais pas le con, j'ai dit. Pour une fois on

pourrait faire ça tous ensemble. Tu es son préféré, Virge. J'imagine que tu le sais.

Ça l'a fait glousser.

— T'es vraiment rigolo, Henry, surtout que la haine qu'il a pour nous est sans doute la chose au monde la mieux partagée.

— Tu viendras ?

— Que va préparer maman à manger ?

— On s'en fiche. C'est pas une fête, c'est un moment solennel.

— S'il y a du veau aux poivrons, je viens.

— Marché conclu.

Quand j'ai tenté de contacter mon frère Mario, je me suis heurté aux problèmes habituels. Les gamins braillaient en fond sonore, la télévision gueulait au maximum. Ma belle-sœur m'a répondu.

— Salut, Peggy. Mario est là ?

— Il dort. T'es pas encore rentré chez toi ?

— Pourrais-tu le réveiller, s'il te plaît ? C'est important.

— Pourquoi que tu t'incrustes à San Elmo, Henry ? Viens surtout pas me raconter que t'écris un bouquin de cul sur ton père et ta mère.

— Ecoute, Peggy. Papa est à l'hôpital.

— Il s'est encore fait envoyer au tapis. Tant mieux.

— Il souffre d'un grave diabète.

— Sans blague ? Ma tante souffrait du diabète. Il va s'en tirer. Faut simplement qu'il boive beaucoup de jus d'orange.

— Excellente idée, Peggy. J'en parlerai au docteur Maselli. S'il te plaît, peux-tu appeler Mario ?

Pas de réponse. Conversation brusquement interrompue. Elle a laissé le téléphone décroché et m'a complètement oublié. J'ai attendu vingt bonnes minutes en écoutant les enfants couiner, les portes claquer, les chiens aboyer. J'ai entendu Peggy flanquer une bonne fessée à la petite, et les hurlements de la gosse. Puis un meuble est tombé et le gamin s'est mis à chialer. Puis j'ai entendu Mario jurer et réclamer son petit déjeuner. Il a sans doute flanqué un coup de pied au chien, car celui-ci a jappé de douleur. Une querelle s'est ensuivie, mari et femme se sont affrontés *manu militari,* les corps se sont heurtés avec un bruit sourd, bris d'assiettes, hurlements d'enfants, aboiements furieux des chiens, ronflement d'un moteur de camion, crissement suraigu de pneus, fracas d'objets indéterminés sur la plate-forme du camion, grincement de boîte de vitesses, et la voiture s'éloigne.

Une heure plus tard j'ai intercepté Mario au bureau de travail des chemins de fer.

— Quand est-ce qu'on se voit ? il a demandé.

Je lui ai appris la nouvelle concernant papa.

— Dieu, mais c'est terrible. A son âge. Le diabète... au fait, c'est quoi, le diabète ? C'est pas une espèce de maladie vénérienne ?

— Rien à voir, couillon. C'est un excès de sucre dans le sang et dans l'urine.

— 'Xactement ce que je pensais. Je savais bien que c'était lié à l'urine. Où c'est qu'il a chopé ça ?

— Ça ne s'attrape pas, ce n'est pas contagieux.

— Ça alors, c'est marrant. Papa déteste le sucre.

— Il va mieux maintenant. Nous allons à l'hôpital ce soir, tous ensemble, y compris toi. Maman veut que tu viennes dîner à la maison à six heures. Okay ?

— Je viendrai dîner, mais j'irai pas à l'hosto. Le vieux Nick peut pas m'encadrer. Je voudrais pas qu'il se mette en rogne à cause de moi.

— Tu te goures complètement, mon pote. Papa

t'aime bien. Il me l'a dit pas plus tard qu'hier. Tu es son préféré. De nous tous, tu es le seul à avoir essayé d'apprendre son métier. Virgil et moi, on a renoncé, mais tu as été loyal, Mario, un fils modèle. Tu as fait de ton mieux. D'accord, tu as échoué, mais le problème n'est pas là. Tu as essayé. Il s'en souvient. Pour lui, tu as toujours l'étoffe d'un poseur de briques hors pair. Il ne le montre peut-être pas — tu sais comme il est —, mais il t'adore. Il te respecte, Mario. Moi, il me tolère à peine, et il n'aime pas du tout Virgil. Mais tu es ce qu'il a de plus cher au monde.

Sa voix s'est adoucie.

— Moi aussi je l'aime bien, bordel. Je l'ai toujours aimé. On n'a peut-être pas toujours été d'accord, lui et moi, mais j'ai pas de rancune.

— Tant mieux, Mario, tant mieux. Oublie le passé. Viens avec nous à l'hôpital. C'est un vieillard maintenant. Il risque de mourir d'un jour à l'autre. Alors viens faire la paix avec lui. Et avec ta conscience. Fais-lui sentir que tu l'aimes autant qu'il t'aime.

— Je vais venir, Henry. Peut-être que je pourrais lui apporter quelque chose. Un cruchon d'Angelo Musso par exemple ?

— Il n'a pas le droit de boire.

— Alors des fleurs ? Une plante verte ?

— Pourquoi pas ?

— Ou des chaussons ?

— Ce serait parfait.

— Et une robe de chambre.

— Bonne idée.

— Je te retrouve chez maman.

J'ai soudain compris qu'il se fichait de moi — et de lui-même —, qu'il n'avait pas la moindre intention de venir dîner à la maison, et pas davantage d'offrir un cadeau à son père, ni même de lui rendre visite à l'hôpital, car Mario était un rêveur qui n'allait jamais jusqu'au bout de ses bonnes intentions.

25

Nous l'avons attendu pour dîner, assis autour de la table de la cuisine, Stella, Virgil et moi, en sirotant des verres de vin et en croquant des morceaux de carotte et de céleri tandis que ma mère se concentrait sur ses fourneaux et s'occupait du plat principal, des tripes, *trippa milanese,* une recette simple et austère qui s'accordait parfaitement à la gravité de notre réunion. Elle avait disposé un couvert au bout de la table pour son mari, afin de lui rendre une sorte d'hommage, et son absence rendait l'atmosphère pesante.

A six heures et demie elle est sortie sur la véranda pour voir si son dernier fils n'arrivait pas. Bras croisés, elle a regardé à gauche et à droite dans la rue avant de revenir dans la cuisine.

— Mangeons, elle a annoncé.

Ces *trippa milanese* n'étaient ni simples ni austères ; c'était somptueux et succulent, des carrés de bonnet accompagnés de riz, de poivrons et de sauce tomate, saupoudrés de parmesan, relevés avec du beurre et des épices.

Virgil en a oublié son désir de veau aux poivrons ; il s'est bâfré comme un chien affamé, nettoyant son assiette en un clin d'œil avant de réclamer du rab, goinfre en pleines ripailles plutôt que fils éploré qui se prépare à aller voir son père hospitalisé. Il a fini sa deuxième assiette en rotant comme un porc, descendu son verre de vin, puis annoncé à la cantonade que le moment était venu de regarder les choses en face et d'affronter la dure réalité.

— Abordons ce problème sous l'angle le plus judicieux, il a déclaré comme le président de la Bank of America.

— Nous devons d'abord nous renseigner sur l'assurance de notre père. L'un d'entre vous y a-t-il réfléchi récemment ? Tout est-il en ordre ? Quelqu'un a-t-il lu les articles du contrat ?

Stella a lancé sa serviette sur la table.

— La ferme, Virgil !

Il l'a dévisagée avec de grands yeux.

— Ai-je insulté quelqu'un ? N'ai-je pas le droit de procéder à une enquête élémentaire ? Dans la banque, nous abordons les problèmes bille en tête, sans fausse pudeur, nous allons droit au fait. Tout sentiment est exclu.

— Papa n'est pas mort, a dit Stella. Il est seulement malade.

— Dans la situation présente, le pire serait d'adopter la politique de l'autruche.

Virgil a eu un sourire condescendant.

— Nous devons affronter les problèmes avec courage et honnêteté : assurance, frais funéraires, l'avenir de maman...

Autant flanquer un grand coup de poing dans le ventre de sa mère. Elle s'est levée puis a quitté la cuisine d'un pas chancelant. Nous l'avons entendue sangloter quand elle a fermé la porte de sa chambre. Virgil a secoué la tête d'un air perplexe.

— Bien joué, j'ai dit.

Stella a pris une tranche de pain et l'a jetée à la tête de son frère.

— Tu es une crapule! elle s'est écriée. Tu l'as toujours été. Je te déteste!

Il contemplait ses doigts pendant qu'assis, nous écoutions maman ouvrir des tiroirs et marcher dans sa chambre. Quand elle est revenue, elle était prête pour l'hôpital. Elle avait trop de poudre de riz sur le visage, et elle portait cet affreux manteau de pute offert par tante Carmelina. Un énorme sac à main en cuir noir pendait à son bras.

— Je suis prête, elle a dit.

— Tu tiens vraiment à mettre cet horrible manteau? s'est plaint Stella.

— Moi, j'aime bien ce manteau, a rétorqué Virgil pour rattraper sa gaffe. Il te va très bien.

— Il est hideux, a dit Stella. Elle a baissé les yeux vers les pieds de maman. Regarde tes bas, ils sont pleins de plis.

Maman a glissé les mains sous son manteau et sous sa robe de satin marron, puis, d'un seul geste, a remonté ses deux bas.

— Voilà.

— Oh, Seigneur, a fait Stella.

Elle a entraîné maman vers la lumière de la fenêtre, craché sur une serviette et retiré les amas de poudre de riz sous les yeux et sur le cou de maman.

— Tâche d'être jolie, pour papa.

— Il s'en fiche, a répondu maman d'un air vexé.

Nous avons rejoint la Pontiac de Stella. Maman et Virgil sont montés derrière, Stella et moi devant. Vingt miles nous séparaient de l'hôpital d'Auburn. Quand Stella a mis le contact, maman a dit :

— Attends. J'ai oublié de laisser un mot pour Mario.

— Pourquoi? a dit Virgil.

— Pour qu'il nous retrouve à l'hôpital.

— Laisse tomber. Il ne viendra pas.

— Peut-être que si, a dit maman qui avait un certain mal à descendre de voiture.

— Je m'en occupe, j'ai fait en ouvrant ma portière.

— Mets-lui un mot dans le réfrigérateur, a dit maman. C'est là qu'il le cherchera.

Je suis allé dans la cuisine, j'ai griffonné une phrase ou deux, puis j'ai placé le papier dans le réfrigérateur sur une tarte aux pommes que ma mère venait de cuire.

Ensuite, nous sommes partis à l'hôpital.

26

Nous sommes passés deux par deux devant la réception avant de nous engager dans le couloir brillant de l'hôpital, maman et Virgil, puis Stella et moi. A la porte de la chambre de mon père, nous nous sommes arrêtés pour délibérer. Maman était un peu essoufflée. Il n'y avait plus de poudre de riz sur son visage rouge, elle a écarté le col de fourrure de son cou en sueur.

— Comment suis-je ?

— Tu serais rudement mieux si tu retirais ce fichu manteau, a dit Stella en s'approchant pour lui enlever son vêtement. Je vais te le porter.

Maman a cédé et Stella a pris le manteau dans ses bras. La robe en satin marron qu'elle avait dessous semblait miteuse et toute froissée, comme si elle venait de l'Armée du Salut ou du XIXe siècle. Ses sous-vêtements bouffaient à certains endroits, sa robe était de guingois, son ourlet de travers.

— Remonte tes bas, a dit Stella.

— Oh ! ça fait un bail qu'il ne s'intéresse plus à ça, a répondu maman, ce qui ne l'a pas empêchée de tirer sur ses bas. Nous l'avons tous observée d'un œil critique. Pauvre maman. Même Dior n'aurait rien pu faire pour elle. Cela tenait à son maintien, à ses jambes arquées, comme si elle portait la robe d'une autre, des chaussures trop grandes pour elle, et puis ces bas qui retombaient régulièrement.

— Prête ? j'ai demandé en tendant la main vers la poignée de la porte.

Stella a enlacé les épaules de maman pour la rassurer.

— Surtout ne t'énerve pas. Et puis ne pleure pas.

Aussitôt les larmes ont failli jaillir, mais elle les a refoulées tandis que nous entrions dans la chambre. Nick était assis sur son lit d'hôpital, serein, presque alangui. Rasé de près, les cheveux coupés et peignés, la moustache taillée, frais et dispos, il avait une mine superbe et ne semblait guère malade. Quand maman l'a regardé, elle a fondu comme beurre au soleil et ses yeux se sont remplis de larmes. Elle s'est penchée pour l'embrasser, puis Stella a pris sa place. Une odeur suffocante de lotion après-rasage émanait de papa.

— Où est Mario ? il a demandé.

— Il avait du boulot, j'ai répondu.

— Il m'en veut toujours à cause du base-ball ?

— Mais non, a dit Stella. Mario a une famille maintenant. Il a oublié tout ça.

— J'en crois pas un mot. Mario n'oublie jamais rien.

Maman lui a pris la main entre les siennes.

— Tu es bien traité ici ?

— Comme un coq en pâte.

Je ne l'avais jamais vu aussi calme et décontracté. C'était peut-être à cause du valium.

— On dirait que tu as maigri, a fait maman. Te donne-t-on assez à manger ?

— Les repas sont très copieux. Des asperges avec des toasts pour dîner. Des haricots verts et de la glace Jell-O.

— De la Jell-O ? Tu n'as jamais aimé la Jell-O.

— C'était fameux.
— Quelle sauce avec les asperges ?
— Pas de sauce.
Maman en est restée bouche bée.
— Mais quel genre d'établissement est-ce donc ?
— Un endroit très convenable. Les infirmières, au poil.
— Je le trouve bien pâle. Elle s'est tournée vers nous. Vous ne trouvez pas qu'il est pâle ?
Nous n'avons pas trouvé.
— Je me sens bien, il a dit.
Puis, très content de lui :
— Je prends de l'insuline, maintenant.
Je lui ai demandé s'il se faisait lui-même ses piqûres.
— C'est Miss Quinlan qui me les fait.
— A partir de maintenant faudra que tu t'occupes de ça, maman, a dit Stella.
— Une piqûre par jour, a renchéri papa. Vois ça avec Miss Quinlan. Elle te montrera comment on fait.
— Qui est Miss Quinlan ? a dit maman.
— Mon infirmière, a répondu papa.
Ça a tracassé maman. Elle a croisé les bras.
— Faudra modifier beaucoup de choses, il a continué. Ce que je peux manger, ce qui m'est interdit. Plus rien à voir avec avant. Plus de pasta. Pas trop, en tout cas.
Maman a été stupéfaite.
— Pas de pasta... pas de spaghetti ?
— Un petit peu. Une fois par semaine.
— Lasagnes ?
— A Noël et à Pâques.
— Pastina ? Les petites, à l'huile et à l'ail ?
— Vois ça avec Miss Quinlan. Elle a une liste.

— Je vais parler au docteur Maselli. Je n'ai pas besoin de parler à une infirmière.

Virgil avait un cadeau à lui donner, un paquet de cigares italiens très forts. Papa l'a pris en hésitant, puis l'a rendu à Virgil.

— Je ne fume plus, fils. J'arrête pour de bon.

— Je n'y crois pas, a dit Virgil.

— Ordres du médecin. Plus de vin, plus de cigares.

— Et plus de pasta ? Stella souriait d'un air dubitatif. Ça va pas être facile, papa.

Les yeux de mon père ont brillé.

— J'y arriverai.

Maman lui a serré le poignet.

— Bien sûr que tu vas y arriver, elle a dit. D'abord faut que tu quittes cet endroit. Tu vas revenir à la maison. Te reposer quelques jours, jusqu'à ce que tu te sentes bien. Plus de travail, plus de montagnes. Tu dors dans ton lit. Tu descends faire un tour en ville. Tu discutes avec tes copains du *Roma*. Peut-être un cigare après le dîner. Et en un rien de temps tu seras retapé. Je me fiche de ce que raconte le médecin : un cigare par jour, ça n'a jamais fait de mal à personne. Pareil pour un peu de spaghetti et un verre de vin. On ne vit qu'une fois, alors faut en profiter tant qu'on peut. Je vais parler au docteur Maselli. Il comprend.

Ça a fait sourire le vieux.

— On verra.

Absurde discussion. J'étais presque certain qu'il ne s'en tirerait pas. Après soixante-cinq années de vin, de pasta et de cigares, il envisageait aujourd'hui une vie d'abnégation ? Comment résisterait-il aux émanations voluptueuses et alléchantes dégagées par les marmites de son épouse ? Toutes les pièces de sa maison embaumaient la vie facile, celle qu'on menait au bord de la Méditerranée. Je l'ai regardé dans son austère chemise d'hôpital ; la détermination de rester parmi les vivants brillait dans ses yeux, sa mâchoire était carrée comme une pierre, ses poings reposaient sur ses cuisses, et cet homme puissant, mais qui, déglingué de l'intérieur, tombait en ruine, envisageait maintenant de se mesurer aux tendres ruses d'une femme qui avait veillé à son bonheur et à sa vigueur pendant des milliers de jours. Pourtant, envers et contre tout, des miracles arrivaient parfois. Un homme changeait parfois quand sa vie était en jeu.

Une infirmière est entrée dans la pièce. Une blonde décolorée, la quarantaine, grande, séduisante, gaie, enjouée, un flacon vide à la main.

— Bonsoir tout le monde ! elle nous a lancé comme nous nous poussions pour lui faire de la place près du lit.

— Alors, comment va mon vilain petit canard ce soir ?

— Pas mal, pas mal, a répondu papa avec un sourire.

Elle a tapoté l'oreiller en frôlant mon père de sa poitrine opulente maintenue dans un uniforme moulant ; elle l'a bordé, puis a ébouriffé ses cheveux d'une main désinvolte. Gêné, papa évitait le regard glacé de maman.

— C'est ma famille, il a dit.

— Ravie de vous rencontrer, a rétorqué l'infirmière. Je m'appelle Miss Quinlan. Est-ce qu'il a pas l'air en forme ce soir ? Z'auriez dû le voir hier ! C'était pas brillant... Et voilà le résultat de soins pleins d'amour. Quel brave garçon. Il m'a pas fait le moindre problème.

— Quand pourrons-nous le ramener à la maison ?

— Ça, seul le médecin peut en décider.

Elle a tendu le flacon au malade.

— Vous auriez un petit quelque chose pour moi, papounet ?

Papounet !

Tous les muscles du visage de ma mère se sont crispés ; d'un ricanement elle a tenté d'anéantir Miss Quinlan pendant que l'infirmière aidait papa à descendre du lit puis l'accompagnait vers le cabinet de toilette, sa chemise de nuit ouverte lui battant les cuisses, son cul nu à l'air.

Il est entré dans le cabinet de toilette, a fermé la porte, l'a verrouillée avec soin, puis il est ressorti en tenant le flacon à moitié plein.

— Magnifique échantillon ! s'est esclaffée l'infirmière Quinlan en brandissant le flacon à la lumière. C'est clair comme du miel, il a jamais fait mieux.

Nick s'est réfugié dans le lit sous le regard fulminant de maman, il a tiré les couvertures sous son menton, comme pour cacher son corps. Miss Quinlan a encore tapoté son oreiller, lissé les couvertures, avant de lui remettre une mèche en place.

— Bonne nuit, mon cœur, elle a chuchoté en s'éloignant avec son flacon.

Un silence gêné a rempli l'espace laissé vacant par Miss Quinlan. Maman semblait perdue, évaporée, bonne à ramasser à la petite cuillère. Son regard restait rivé sur la porte, comme si Miss Quinlan était encore là.

— Puttana ! elle a dit.

Une sonnette a retenti, nous signifiant la fin de la visite.

— Faut y aller, a dit Virgil.

Maman s'est penchée pour embrasser son mari sur le front et scruter son regard.

— Fais attention, elle l'a averti.

Stella l'a embrassé, puis Virgil, et je lui ai souhaité

bonne nuit. Nous sommes partis en nous retournant pour le voir nous regarder, vieillard solitaire dans sa chambre nue, allongé sur son lit, silhouette confuse qui se fondait dans le mur bleu.

A petits pas pressés, ma mère est partie dans le couloir, désireuse de sortir au plus vite de cet hôpital. Stella et Virgil ont accéléré pour rester avec elle, mais j'ai traîné derrière, intrigué par les images d'un poste de télé dans une autre chambre. C'était un match de base-ball. Assis dans son lit, un homme regardait la télé.

— Qui est-ce qui joue ? j'ai demandé.

— Les Giants et les Dodgers.

Alors j'ai compris l'absence de Mario.

27

Trois nuits plus tard j'ai rêvé de l'enterrement de mon père. Miss Quinlan se tenait au bord de la tombe, face à Mario, et ils échangeaient un sourire complice. Il y avait tout près un corbillard tiré par quatre chevaux noirs décorés de harnais argentés et de plumes blanches. Assis sur le banc du cocher, ma femme et mes fils adressaient un sourire torve à ma mère qui jetait une pelletée de terre sur le cercueil tandis que les membres du cortège funèbre bavardaient et riaient avec irrespect, comme une bande de joyeux lurons lors d'un pique-nique. Dans ce rêve j'étais un simple observateur extérieur. Mon humeur s'est ressentie de cette atmosphère morbide, inquiétante, quand je me suis réveillé à dix heures et que je suis allé prendre un café à la cuisine. Par la fenêtre j'ai vu ma mère dans la cour, qui lançait du grain à ses poulets. Le téléphone a sonné.

C'était le docteur Maselli qui appelait de l'hôpital.

— Tu as vu ton père ce matin ?

— Il est à l'hôpital.

— Plus maintenant. Je reviens tout juste de sa chambre. Ses vêtements ont disparu, lui aussi.

J'ai éclaté de rire.

— Depuis quand est-il parti ?

— Il nous a faussé compagnie entre sept et huit heures ce matin.

J'ai ri encore.

— Ça n'a rien de drôle, bon Dieu, a dit le médecin. Ce gros malin n'a pas eu sa piqûre d'insuline ce matin.

— C'est grave ?

— S'il s'arrête dans un saloon pour faire le plein, il risque un autre coma.

— Il est peut-être dans le car de San Elmo.

— Tu ferais mieux d'aller le chercher dans les bars. Essaie l'*Onyx* et le *Café Roma*.

Je lui ai demandé s'il avait fait la tournée des saloons proches de l'hôpital.

— J'ai d'autres malades ici. Je ne peux pas m'absenter en ce moment.

— Et la police ?

— Pour quoi faire ? Ce n'est pas un criminel, juste un sacré couillon.

— Que dois-je faire si je le trouve ?

— S'il est à San Elmo, amène-le à mon cabinet. J'y serai dans une heure. Ou bien mets-le dans une voiture et ramène-le-moi à l'hôpital.

Je me suis habillé rapidement, je suis sorti de la maison incognito, la fraîcheur du matin m'a donné la chair de poule.

Mon père ! Quel bijou c'était, quelle ambiance il mettait partout ! C'était bien là son génie : il avait un talent fou pour ébranler le petit monde dans lequel il vivait. J'ai marché d'un bon pas vers la ville, en riant doucement, ravi des surprises qu'il nous ménageait. Bien sûr il risquait de mourir, et alors ? Dostoïevski était mort, pourtant il vivait intensément dans mon cœur. Il m'était venu comme une grâce divine, un éclair qui avait embrasé ma vie. Mon père dégageait la même aura, ce poète qui affirmait son désir de vivre, la chair de ma chair, il ne m'avait jamais été si proche.

Je me suis d'abord arrêté à l'*Onyx Bar*. Derrière son comptoir, Art Pinto servait des bières à deux serre-freins. Je lui ai demandé s'il avait vu mon père.

— Plus maintenant, Henry. Il a pas le droit d'entrer ici.

Le *Café Roma* était désert, à l'exception de Frank Mascarini qui astiquait des verres derrière le bar. Il n'avait pas vu mon père depuis des jours.

— Dis donc, où sont Zarlingo et Lou Cavallaro ce matin ? je lui ai demandé.

— Ils n'arrivent jamais avant midi.

Je suis ressorti. L'air se réchauffait. A l'ombre de l'auvent de l'*Hôtel Leroy*, j'ai réfléchi à mon problème. Où donc un type irait boire un verre après avoir quitté l'hôpital d'Auburn ? De toute évidence, dans le saloon le plus proche. Il ne perdrait pas de temps à prendre un car pour retourner dans sa ville. Il filerait plus probablement dans le premier saloon qu'il trouverait. C'était donc quelque part à Auburn, un saloon de Chop Suey Street, tout près de l'hôpital. J'ai remonté la rue vers Hertz et loué une Chevy pour aller à Auburn.

Chop Suey Street, une simple ruelle, constituait le quartier chinois d'Auburn. J'ai avisé six saloons coincés entre des bicoques en bois et des bâtisses de brique. Je me suis garé au bout de cette ruelle bordée d'ormes, puis je suis entré dans un établissement nommé le *Silverado*. Il faisait frais et sombre à l'intérieur, cela sentait la bière. Le jeune barman ne m'a pas accordé la moindre attention.

— Je cherche mon père, j'ai expliqué. Un type âgé, à peu près de ma taille. Soixante-seize ans, en pantalon et chemise kaki. Avec une moustache.

Il a hoché la tête vers la pénombre de la salle.

— Faites vot' choix. On en a plusieurs qui correspondent à ce signalement.

J'ai marché entre les tables obscures où une douzaine de vieux assis dans un silence somnolent sirotaient leur bière ou leur sherry. J'ai été stupéfait de constater qu'ils ressemblaient tous à mon père : mêmes mains ratatinées, mêmes chaussures usées, crevassées, mêmes chapeaux défoncés, mêmes yeux opaques au regard vide. Nick ne figurait pas parmi eux, et pas davantage dans les autres bars de la ruelle.

Je suis retourné vers la voiture de location et me suis baladé dans le centre-ville d'Auburn. Il n'était pas à la gare routière ; les cafés de la grand-rue étaient trop rupins pour lui, je ne me suis même pas arrêté pour les explorer. Je suis parti vers l'hôpital en me disant sans trop y croire qu'il y était peut-être retourné.

Miss Quinlan et une autre infirmière étaient à la réception du premier étage quand je suis sorti de l'ascenseur. Miss Quinlan parlait au téléphone. Elle a été surprise de me voir.

— C'est votre père, elle m'a dit en me tendant le téléphone.

Je l'ai pris.

— Bonjour, papa. Où es-tu ?

Il a raccroché.

J'ai raccroché à mon tour, puis demandé à Miss Quinlan si elle savait d'où mon père avait appelé.

— Un endroit sur la route. Un viticulteur.

— Angelo Musso ?

— C'est ça.

— Comment était-il ?

— Je crois qu'il a bu.

— A-t-il besoin d'aide ?

— Sans insuline il risque très gros.

— Pourquoi a-t-il téléphoné, Miss Quinlan ? Que voulait-il ?

Elle a hésité.

— Il m'a demandé d'aller le rejoindre là-bas

— Pourquoi donc ?

— Il voulait me faire visiter les vignobles.

Ça l'a fait sourire.

— Ce vieux grigou...

J'ai pivoté sur mes talons pour partir, mais ce qu'elle venait de dire m'a mis la puce à l'oreille, si bien que je me suis retourné, j'ai pris l'infirmière à part pour que l'autre ne nous entende pas.

— Miss Quinlan, j'ai dit. Votre remarque sur le « vieux grigou », que vouliez-vous dire au juste ?

Ses grands yeux bleu ciel se sont posés sur moi, et elle m'a répondu avec application :

— L'hiver dernier j'avais un malade branché sur rein artificiel, un charmant vieux monsieur de quatre-vingt-douze ans. Le cher homme est mort dans mes bras, la main dans ma culotte. Voyez ce que je veux dire, M. Molise ?

Ma libido n'a fait qu'un tour, une bouffée brûlante de lubricité m'a submergé, une chaleur moite a envahi ma gorge, mes yeux ont plongé dans son regard bleu, ses seins opulents m'ont attiré vers elle ; son cou blanc s'est un peu incliné et je me suis demandé machinalement si la toison de sa chatte était aussi blonde ; alors j'ai frémi, plein de honte, en me disant : bon Dieu, comment puis-je penser à ça en ce moment ?

— Miss Quinlan, j'ai bafouillé. C'est pour ça que mon père est parti de l'hôpital ?

— C'est à cause des piqûres d'insuline. Il ne les supportait pas. L'*Orinase* — qu'on prend sous forme de cachet — restait sans effet sur votre père. Il fallait absolument lui faire ces piqûres d'insuline, mais ça le faisait grimper aux murs, il détestait ça.

Je l'ai remerciée, puis lui ai demandé de contacter le docteur Maselli.

— Dites-lui que mon père est chez Angelo Musso Maselli est au courant.

28

J'ai roulé dix minutes sur la route 80 jusqu'à la bifurcation d'Angelo ; ensuite le chemin de terre montait la colline sur quelques centaines de mètres. Quand je me suis garé derrière la maison, j'ai aperçu le camper Datsun de Joe Zarlingo. Ça ne m'a pas surpris. (J'ai appris par la suite qu'après avoir téléphoné à Zarlingo de sa chambre d'hôpital ce matin-là, mon père s'était habillé, puis avait tranquillement franchi la porte de l'hôpital en passant devant la réception, après quoi il avait attendu Joe et ses amis sur les marches de l'hôpital.)

La chaleur de la mi-journée m'a saisi à la nuque quand je suis descendu de la Chevy pour me diriger vers la tonnelle de vigne. Il y avait six hommes assis à une longue table de pique-nique, Angelo à un bout, mon père à l'autre.

Majestueusement alangui, mon père était vautré dans un fauteuil en rotin, ivre et pensif, ses bras flasques posés sur les accoudoirs. On aurait dit un patricien de la Rome antique qui attendait que tout son sang s'écoule de ses poignets tailladés. Alignés les uns en face des autres sur les bancs, j'ai avisé les quatre piliers du *Café Roma* — Zarlingo, Cavallaro, Antrilli et Benedetti. Ils étaient tous ivres et buvaient dans de grands verres. Des cruchons de Chianti et des assiettes de nourriture jonchaient la longue table : du salami, des saucisses, du prosciuto, du pain et des gâteaux à l'anis. Ils s'étaient longuement bâfrés sous la tonnelle brûlante, eux et des essaims d'abeilles hébétées qui titubaient sur la boustifaille et pataugeaient dans les petites flaques de vin, tandis que des centaines d'autres bourdonnaient lugubrement parmi les muscats putrescents qui pendaient des vignes.

Je me suis avancé vers eux dans le plus grand silence. On aurait dit que je comptais pour rien, que j'étais une gêne, une abeille de plus. Je me suis approché tranquillement derrière le fauteuil de mon père. Quand j'ai posé les mains sur ses épaules, j'ai senti la chair si mince se dérober, puis le contact des os.

— C'est moi, papa.

Il a relevé la tête.

— Quelle heure il est ?

— L'heure de retourner à l'hôpital.

— Jamais de la vie. Pas question.

— Tu as besoin de ton insuline.

Il a secoué la tête.

— Arrête un peu de tanner ton père, a fait Zarlingo. Assieds-toi. Bois un coup. Reste tranquille. Partage notre plaisir.

— Je le ramène à l'hôpital.

— Ça dépend de lui.

Il a tendu le bras pour toucher la main de mon père.

— Tu veux retourner à l'hôpital, Nick ?

— Non, Joe. Je suis bien ici. C'est paisible.

Angelo le muet a émis un caquètement, puis m'a fait signe de le rejoindre, m'attirant à lui d'un sourire édenté. Alors que je m'approchais de lui, il s'est mis à écrire quelque chose sur un bloc-note avec un crayon ; il griffonnait rapidement, puis il a déchiré la feuille et me l'a tendue.

C'était lisible, mais en italien.

— Je ne comprends pas, j'ai dit en lui redonnant la feuille.

Benedetti me l'a arrachée des mains.

— Laisse-moi voir.

Il a lu le message pendant quelques instants, puis a opiné du chef en regardant le vieux.

— Exactement, il a dit à Angelo. Tu as toujours raison, Angelo.

— Qu'a-t-il écrit ? j'ai demandé.

— Il a écrit : « Mieux vaut mourir ivrogne que mourir de soif. »

Mon regard est passé de Benedetti au vieux viticulteur.

— Ça veut dire quoi au juste ? j'ai dit en regardant les yeux glauques d'Angelo. Je ne comprends pas.

Angelo s'est remis à écrire fébrilement une autre phrase, il a passé la feuille à Benedetti, qui a traduit une fois encore :

— Mieux vaut mourir parmi ses amis que parmi les médecins.

Ça a fait naître des applaudissements, les verres se sont levés puis vidés pour porter un toast ; mon père, désormais incapable de comprendre quoi que ce fût, a même fait un geste du bras.

Encouragé, Angelo a écrit autre chose. Il ne me restait qu'une seule solution. J'ai tiré en arrière le fauteuil de mon père, puis essayé de le soulever en enlaçant sa poitrine. Il m'a résisté, faiblement mais avec colère, il s'est tortillé sur son fauteuil. Les paisani regardaient la scène. Aucun n'aurait levé le petit doigt pour m'aider.

— S'il vous plaît, donnez-moi un coup de main, j'ai dit. Cet homme est gravement malade.

Ils sont restés figés comme des pierres tombales. J'ai fondu en larmes. Pas à cause de la douleur, pas parce que je m'inquiétais pour mon père, mais par compassion pour moi. Comme ç'a été bon. Quel fils dévoué, admirable, j'étais ! Regardez-moi tenter de sauver la vie de mon père. Dieu que j'étais fier de moi. Quel altruiste, quelle belle âme !

Je pleurais, mes poings martelaient la table, le vin dansait et débordait des verres, les abeilles se payaient ma tronche. Je m'arrachais les cheveux. Je suis tombé à genoux, je me suis accroché à mon père.

— Viens avec moi, papa ! Tu as besoin de soins médicaux. Je ne veux pas que tu meures dans cet endroit infect.

Son regard vacillant m'a localisé.

— Rentre à la maison, petit. Va t'occuper de ta mère.

Plein de honte et de dégoût, je me suis relevé pour m'asseoir sur le banc en sanglotant. J'avais un talent incroyable pour les larmes. Il m'avait apporté mille récompenses au cours de mon existence, mais aussi causé mille ennuis. Quand votre faiblesse fait votre force, vous pleurez. Car les pleurs déconcertent les gens, qui ne savent jamais comment y réagir ; ils s'attendent à de la violence, et soudain toute la tension se dissipe en un torrent de larmes. J'ai pleuré le jour de ma première communion. Mes larmes ont eu raison des résistances de Harriet, qui a fini par m'épouser. Sans mes larmes je n'aurais jamais pu séduire une seule femme ; grâce à elles je n'ai jamais échoué. Mes pleurs ont fendu le cœur de femmes qui me haïssaient, et qui ont ensuite voulu me tuer parce qu'elles y avaient succombé. Les passages mélancoliques de mes propres livres me faisaient pleurer. Plus je vieillissais, plus je pleurais.

Emu, Zarlingo a tendu le bras au-dessus de la table pour poser la main sur la mienne.

— Te fais pas de bile, fils, il m'a calmé. Essuie-toi les yeux, bois un verre. Et puis t'inquiète donc pas pour ton père. Il est fort comme un bœuf.

Je me suis essuyé le visage, puis mouché. Obligé à boire un peu de vin. J'ai entendu le gémissement d'une sirène qui s'approchait sur la grand-route ; il est devenu de plus en plus fort. J'ai marché vers le chemin de terre et aperçu une ambulance blanche qui soulevait un nuage de poussière en arrivant vers la ferme d'Angelo. Quand elle a ralenti, j'ai distingué deux infirmiers en blouse blanche à l'intérieur. Le docteur Maselli les accompagnait. Ils ont sauté de la voiture.

— Où est-il ? a demandé le médecin.

Il m'a suivi sous la tonnelle jusqu'à mon père. Redressant sa tête ballante, il lui a soulevé une paupière. Il a pris une seringue dans sa trousse, l'a remplie d'un liquide laiteux contenu dans un flacon, qu'il a injecté dans le bras de mon père. Angelo et les autres frères s'étaient approchés pour regarder. Ils se sont écartés quand les infirmiers sont arrivés, portant une civière. Avec précaution, ils ont installé mon père dessus. Puis, alors qu'ils ramenaient la civière vers l'ambulance, chaque membre de la fraternité a murmuré son adieu.

— *Ciao, Nicola. Buona fortuna.*

— *Addio, amico mio.*

— *Corragio, Nick.*

— *Corragioso, Nicola.*

Mon père était allongé immobile, les yeux clos. Même le soleil brûlant n'a pas réussi à faire palpiter ses paupières. Angelo est arrivé à sa hauteur avec une bouteille de Chianti emballée dans la paille, qu'il lui a glissée sous le bras. Le docteur Maselli a réagi par un froncement de sourcils. La civière est entrée dans l'ambulance, les infirmiers ont fermé la porte. Les amis de mon père ont regardé la grosse voiture blanche s'éloigner vers la route en soulevant la poussière du chemin.

— Il va s'en tirer, a dit Zarlingo.

— Evidemment qu'il va s'en tirer, a renchéri Cavallaro. Il nous enterrera tous.

— Je bois à sa santé, a dit Benedetti.

J'ai rejoint ma voiture de location et suivi l'ambulance.

Devant la salle des urgences de l'hôpital d'Auburn, j'ai attendu pendant une demi-heure sur un banc. Quand le docteur Maselli est arrivé, sans veston, la mort était sur lui.

— Il est mort.

— Comment ça, doc ? Pourquoi ?

— Hémorragie cérébrale. C'est instantané, sans douleur. Impossible de rêver d'une meilleure mort.

Alors que je me préparais à partir, il m'a demandé :

— Tu veux que j'annonce la nouvelle à ta mère ?

— Je m'en occupe.

Dans le couloir de l'hôpital, j'ai téléphoné à Stella. Sa voix s'est étranglée, puis elle a fondu en larmes. Nous avons longtemps pleuré ensemble, dans les bras l'un de l'autre malgré le téléphone.

— Vas-tu prévenir maman ? je lui ai demandé.

— Oh Dieu ! elle sanglotait. Oh Dieu.

J'ai raccroché, puis je suis sorti pour rejoindre ma voiture au parking. Le jour déclinant refusait de se rafraîchir ; je me sentais anesthésié, incapable de rentrer à la maison pour affronter la détresse de ma mère ainsi que cet espace désormais vide qu'avait occupé mon père dans le monde. Je me suis souvenu des saloons de Chop Suey Street, j'ai pensé me saouler, me perdre dans la pénombre avec tous ces vieillards solitaires qui gaspillaient leurs derniers jours.

Alors que je mettais le contact, une infirmière a descendu les marches de l'hôpital vers le parking. C'était Miss Quinlan. Un chandail blanc à la main, elle se dirigeait vers moi ; droite, propre et belle, elle marchait d'un pas élastique sur ses chaussures basses ; derrière elle, le soleil illuminait l'espace entre ses cuisses. Je suis descendu de voiture pour l'arrêter au passage. Elle s'est campée devant moi en souriant.

— Je suis désolée pour votre père, elle a dit.

J'ai eu les larmes aux yeux. Je lui ai pris les mains.

— Oh, Miss Quinlan, aidez-moi ! Je sais pas quoi faire, ni où aller. Qu'est-ce que je vais devenir, Miss Quinlan ? Je suis perdu. Foutu !

D'un bras elle m'a enlacé les épaules.

— Là, là, monsieur Molise. Je comprends ce que vous ressentez, je le comprends parfaitement. Il faut prendre votre mal en patience, mon cher monsieur. Vous devez être fort, aussi fort que votre père.

Toute mon existence se barrait en couilles ; mes mains et mon désespoir ont fondu sur l'infirmière.

— Oh, je vous en prie, Miss Quinlan. Baisez-moi, s'il vous plaît, s'il vous plaît. Sauvez-moi, baisez-moi !

Elle s'est dégagée. Puis, satisfaite, hésitante, elle m'a regardé droit dans les yeux.

— Vous me demandez de faire *ça ?*

— Oh oui, Miss Quinlan ! Je vous aime, je vous adore ! Ayez pitié de moi.

Elle a reculé d'un pas pour m'examiner.

— Eh bien... ça devrait être possible.

— S'il vous plaît, chère, belle, merveilleuse Miss Quinlan !

— Mais il faut d'abord que je passe au supermarché.

— Je peux vous accompagner ? Je pousserai votre caddie.

— Si vous voulez, elle a répondu en souriant.

J'ai submergé ses mains de baisers et de larmes. J'ai voulu tomber à genoux devant elle, mais elle m'en a empêché.

— Ne faites pas ça, monsieur Molise. Restez debout, je vous en prie.

— Oh, merci ! mon ange. Merci cent fois, merci mille fois !

Nous sommes montés dans ma voiture et j'ai pris le chemin du supermarché ; mes larmes séchaient vite, Miss Quinlan était assise à côté de moi avec sa jolie toque d'infirmière sur ses nattes blondes scandinaves, ses genoux ronds et soyeux comme des grenades sous son collant, serrés l'un contre l'autre avec une correction tellement féminine.

Comme elle était séduisante tandis qu'elle arpentait les allées du supermarché en choisissant ses achats qu'elle plaçait à mesure dans le caddie. J'ai tenu à lui acheter une bouteille de scotch, un gâteau à la noix de coco et d'épaisses côtes d'agneau. Quand nous sommes arrivés à la caisse, j'ai tenu à payer toutes ses fichues courses, juste pour l'entendre pousser un léger cri de gratitude et me traiter de grand fou. Nous avons rejoint ma voiture, j'ai tenu à lui ouvrir la portière, et son splendide derrière a défilé sous mes yeux comme la grâce de Dieu, comme le Saint-Esprit. Mon paternel l'aurait adoré ; sûr qu'il l'aurait même pincé.

Elle m'a guidé jusqu'à son appartement situé au-dessus d'un garage, à deux rues de l'hôpital. Je portais ses courses pendant qu'elle ouvrait la porte. Quel appartement ! J'ai eu l'impression d'entrer dans la salle des urgences d'un hôpital. Tout blanc qu'il était, des carreaux blancs au-dessus de l'évier, une plaque de formica blanc sur le bar qui séparait la cuisine du salon, et encore du blanc sur les fauteuils et le divan en acier inox. L'odeur piquante du désinfectant imprégnait l'air. Tout était impeccablement rangé dans des placards, caché — les assiettes, la batterie de cuisine. Même le grill-pain posé sur le bar était dissimulé sous un machin en plastique. Obéissant aux instructions de Miss Quinlan, j'ai posé les sacs de provisions dans l'évier de la cuisine.

— Vous pouvez vous déshabiller ici, elle a dit d'une voix sèche. Laissez vos vêtements sur le divan.

Elle a disparu dans la chambre et fermé la porte à clef. J'ai retiré mes vêtements, les ai soigneusement pliés sur le divan pour ne pas déparer l'austérité de la pièce.

Alors que je terminais, Miss Quinlan est revenue de la chambre. Nue, elle était infiniment moins séduisante que dans son uniforme d'infirmière. Alors que j'avais imaginé une poitrine plantureuse, ses seins étaient quasiment inexistants, de ridicules excroissances charnues pas beaucoup plus grosses que chez un homme. J'ai découvert sur sa peau les marques de ses faux roberts, ce qui ne la gênait pas le moins du monde.

— Alors, on s'est déshabillé ? elle m'a lancé gaiement, sur un ton professionnel.

— Oui, j'ai répondu en me levant, les mains posées sur mon entre-jambes.

Elle a souri.

— Allons allons, quelle pudeur.

Elle m'a fait signe d'aller dans la salle de bains.

— Par ici, s'il vous plaît.

Je l'ai suivie dans la salle de bains en remarquant que sans son uniforme son gros derrière s'affaissait.

Sa raie non plus n'avait rien d'aguichant. Ses deux fesses pendouillaient mollement, avec une espèce d'indifférence qui m'a fait penser que Miss Quinlan avait au moins soixante ans.

Je suis resté près d'elle pendant qu'elle remplissait la cuvette du lavabo et y versait du savon en paillettes. Aucune de ces opérations n'a revigoré mon dard, ou, selon le terme de mon père, ma *spada*. En fait il est devenu d'une flacidité lugubre ; quand Miss Quinlan s'en est emparée, il ne restait plus grand-chose à saisir ; elle l'a secouée et traitée de vilain garçon trop timide.

— Prophylaxie ! elle s'est écriée en le noyant dans la mousse. Voilà le nom de ce jeu : prophylaxie !

La *spada* s'est mise à réagir quand elle l'a manipulée à deux mains.

— Quel gentil garçon, elle a roucoulé. Un vrai ange.

Elle m'a tendu une serviette ; pendant que je m'essuyais, Miss Quinlan a préparé une solution d'eau et de savon, qu'elle a versée dans un sac plastique, suspendu celui-ci à un crochet, puis elle s'est assise sur les toilettes et a plongé entre ses cuisses la canule reliée au sac.

Ensuite elle s'est essuyée, emparée de ma *spada* pour m'entraîner vers la chambre. Je n'éprouvais désormais plus la moindre passion, mais j'étais submergé de curiosité. Comment tout ça allait-il se terminer ? Miss Quinlan était une cinglée, mais plutôt marrante dans son genre. Ses vieilles fesses flasques tressautaient tandis qu'elle retirait le dessus de lit, tapotait les oreillers, puis considérait d'un air satisfait le lit de l'amour. Elle a filé dans la cuisine, puis est revenue avec le pot de miel que je l'avais vue choisir au supermarché.

— Du miel au jasmin ! elle s'est écriée en dévissant le couvercle. Goûte !

Elle en a mis un peu sur son index, puis a tendu le bras. J'ai ouvert la bouche pour goûter, mais cette gourmandise ne m'était pas destinée, elle était pour ma *spada,* une petite pichenette pour faire connaissance, pile sur le bout. Soudain, avec une énergie monstrueuse, la *spada* a jailli, bille rouge en tête, et a regardé les environs, prête au combat. L'espace d'un instant, j'ai eu honte. Quelle affreuse manière d'honorer mon pauvre père. Mais il n'était plus question de revenir en arrière, j'avais sollicité les services de Miss Quinlan, il n'y avait aucune raison de s'arrêter en si bon chemin malgré mon père, ma femme et mes deux fils.

Miss Quinlan s'est assise au bord du lit pour étaler une mince couche de miel au jasmin sur toute la longueur de ma *spada,* du bas du fourreau jusqu'à la pointe. Sa couleur dorée l'a ravie, et avec un murmure gourmand elle a léché le sucre d'orge. Chère Miss Quinlan ! Elle a tout avalé — j'ai senti ça s'échapper hors de moi, mon dard, mes glandes, mon cœur, mes poumons et mon cerveau, un banquet pour une reine âgée — et quand la magie s'est dissipée, elle s'est laissée aller en arrière sur le lit, le souffle rauque, et moi je me suis écroulé dans un fauteuil. Elle avait tout donné, mais je n'avais rien à lui offrir en échange.

Tandis qu'elle restait immobile, un bras sur les yeux, je suis allé dans la salle de bains nettoyer mon glaive à l'eau chaude. Je la voyais toujours allongée dans la même position pendant que j'enfilais mes vêtements. J'ai jeté un dernier coup d'œil à l'appartement. Un lieu froid et stérile, mais doté d'une beauté terrible, la beauté de la solitude et de l'intimité partagée par deux étrangers, une beauté qu'on percevait sans la voir. Inoubliable.

Je me suis dirigé vers la chambre pour dire au revoir, mais sur le seuil j'ai remarqué une chose qui m'a fait hésiter. Miss Quinlan n'avait pas changé de position, son bras protégeait toujours ses yeux. Mais ses cheveux avaient bougé. Cette masse somptueuse de blondeur nordique était finalement un leurre. La perruque avait glissé sur le côté, couvrant une oreille, révélant un crâne chauve et blanc. Ça m'a fendu le cœur. Si je m'étais encore attardé, j'aurais fondu en larmes. Comme elle était bonne et généreuse !

— Merci, Miss Quinlan, j'ai dit.

— Il n'y a pas de quoi, vraiment, elle a répondu en un murmure fatigué.

Elle n'a pas bougé.

— Mon père vous remercie aussi.

— C'était un très brave homme. Je suis si heureuse d'avoir pu l'aider.

— Au revoir, Miss Quinlan.

— Au revoir.

29

La veille de l'enterrement, Harriet est arrivée de Redondo Beach avec nos deux fils, et je suis allé les chercher à l'aéroport. Elle m'a embrassé, puis a reculé d'un pas pour scruter mes yeux à la recherche du moindre indice d'infidélité. Elle a sans doute lu la mort de mon père dans mon regard épuisé, ainsi que l'épreuve de la douleur, mais j'ai su qu'elle n'avait pas trouvé la moindre trace de Miss Quinlan lorsqu'elle m'a adressé un sourire confiant et gratifié d'un deuxième baiser.

Je n'avais pas vu mes fils depuis un mois. Ils avaient passé tout ce temps à Ensenada — pour une partie de pêche, disaient-ils en rigolant, car ils étaient descendus là-bas avec deux femmes.

Dominic avait vingt-quatre ans, Phillip vingt-deux. Ils étaient mal rasés, bronzés au soleil du Mexique, leurs cheveux leur tombaient jusqu'aux épaules ; ils portaient des jeans et des vestes assorties, ainsi que des sandales en cuir tressé. Ils ressemblaient à des musiciens de rock, pas aux petits-fils éplorés du vieillard qui venait de mourir.

Alors que nous traversions le parking, je leur ai dit :

— J'espère que vous avez apporté des vêtements décents

Ils m'ont lancé ce regard cynique, à la coule, dont ils s'étaient fait une spécialité, puis Dominic a dit :

— T'inquiète pas pour ça, p'pa.

— Je ne veux pas de vous à l'enterrement dans cette tenue.

— Ouais. On sait.

— Si vous alliez chez le coiffeur ?

— Pas question.

Ils ont jeté leurs valises dans le coffre de la voiture de location, puis sont montés derrière. Harriet s'est glissée à côté de moi ; après avoir démarré, je me suis tourné vers elle.

— Ils se sont inscrits pour le trimestre prochain ?

— Ils m'ont dit que oui, elle a répondu d'un air dubitatif.

Je les ai regardés par-dessus l'épaule.

— Dis donc, Phil. Tu es inscrit ?

Il étudiait la gestion des affaires

— Oui, papa. Tout est réglé.

— Et toi, Dominic.

— Je me suis pas inscrit, il a dit.

— Et pourquoi ça ?

— J'ai pris un boulot.

— Quel genre de boulot ?

— Caissier dans un supermarché.

— En voilà une drôle d'idée ! Et ton diplôme ?

— Je gagne sept dollars de l'heure. Tu connais un spécialiste de biologie marine qui en gagne autant ?

— N'importe quel con peut être caissier. Il faut absolument que tu aies ce diplôme.

— T'as pas eu le tien, il a rétorqué aussi sec.

Harriet et moi nous sommes regardés avec la stupéfaction habituelle. Impossible de discuter avec ces deux-là. C'étaient des gamins pourris, gâtés, arrogants, sûrs d'eux. Le plus agaçant n'était pas leur intelligence, mais leur aplomb insolent, le ton glacé et détaché qu'ils adoptaient pour vous lancer des paroles blessantes. Jamais ils ne bafouillaient ni ne cherchaient leurs mots quand on leur posait une question. Ils étaient omniscients et bêtes comme leurs pieds.

Nous avons roulé en silence pendant quelques instants. Ils ont allumé de petits cigares mexicains et nous ont tendu le paquet ; Harriet en a accepté un, mais j'ai refusé.

— Quel âge avait grand papa ? a demandé Phillip.

— Il aurait eu soixante-dix-sept ans dans quelques mois.

— Ce vieux salopard, a dit Dominic en souriant. Au moins il se sera bien marré.

— Que veux-tu dire au juste ?

— Tu sais bien ce que je veux dire. Tu nous as raconté des tonnes d'histoires sur grand-papa.

— Je l'aimais bien, a dit Phillip. Il nous emmenait souvent dans ce vieux bistro italien quand on était petits, histoire de nous frimer.

— Le *Café Roma,* s'est rappelé Dominic. Il adorait ce bistro.

— Le cognac, ça y allait, a dit Phillip. Au saut du lit, un coup de gnôle dans le café.

— Il avait la classe, a conclu Dominic.

Nous roulions vers l'est sur l'autoroute, la circulation était fluide. Les nuages s'amoncelaient au nord et j'ai pensé qu'il pleuvrait peut-être demain pour l'enterrement.

— Papa, a dit Phillip. J'ai une question à te poser.

— Vas-y.

— Es-tu diabétique ?

J'avais beaucoup réfléchi à ce problème depuis la mort de mon père, ça m'inquiétait, j'en avais discuté avec le docteur Maselli. Risquais-je d'avoir une crise de diabète ? Ce n'était nullement exclu.

— Non. Je ne suis pas diabétique.

— Et Dominic ? Et moi ? C'est héréditaire, non ? Dans les gènes ?

— Le potentiel est là. Mais pas la maladie.

— Où est la différence ?

— Le régime alimentaire. Si tu ne manges pas trop de sucre, tu as toutes les chances de passer au travers.

— Mais tu risques quand même de te faire avoir.

— Que me demandes-tu au juste — un contrat de garantie ? Ce n'est pas une maladie si redoutable. On vit très bien avec. Ton grand-père l'a prouvé.

— Tu rêves, a dit Phillip. Ça se soigne pas, le diabète.

— Ça ne se soigne peut-être pas, mais ça se contrôle avec l'insuline. Et puis tu ne l'as pas, alors merde pourquoi faites-vous autant de foin sur cette maladie ?

Ça a calmé Phillip, mais Dominic a continué :

— Papa, est-ce que tu aurais eu des enfants si tu avais su que le diabète était dans tes gènes ?

J'ai compris que depuis le début ils voulaient arriver à cette question ; et maintenant qu'elle était posée, j'avais du mal à y répondre.

— Comment veux-tu que je le sache ? j'ai dit.

— Non, a tranché Harriet. Je n'aurais pas eu d'enfant.

Dans le mille ! La réponse d'Harriet a fait claquer le couvercle de la boîte de Pandore des supputations silencieuses, et tous les quatre nous avons médité l'inexistence de Dominic et de Phillip. Puis ces deux crétins se sont mis à rire.

Nous avons atteint la maison de ma mère et découvert un lieu funèbre, les voitures des endeuillés garées de chaque côté de la rue, les vieux amis de mon père vautrés sur la véranda, occupés à boire du vin dans les précieux verres en cristal de maman, vexés et gênés par les lamentations de leurs épouses à l'intérieur. Les Italiens aiment leurs compatriotes vivants, mais parfois ils les aiment encore plus morts, surtout ces femmes agglutinées dans toutes les pièces de la maison, grouillant autour de ma mère vêtue de noir comme des fourmis autour de leur reine ; elles sanglotaient, faisaient cliqueter leur rosaire, opinaient du chef, embrassaient la veuve éplorée, lui insufflaient leur douleur et s'enivraient de celle que ma mère leur renvoyait.

Je n'en ai voulu ni à Phillip ni à Dominic de refuser d'entrer ; pendant qu'ils restaient dans la voiture, Harriet et moi nous sommes frayé un chemin sur la véranda, puis dans la chambre de maman, où Harriet s'est faufilée entre les pleureuses pour rejoindre maman. Elle l'a embrassée ; à son retour, elle avait une joue tout empoissée de larmes.

Nous ne pouvions pas rester là. Nous avons battu en retraite dans la cuisine, avisé la table couverte de salami, de fromage, de vin et de fruits, tout cela préparé pour pleurer à loisir, pendant des heures, absurdement.

Nous sommes sortis discrètement par-derrière, comme des voleurs nous avons longé la haie de Mme Credenza, la voisine, et courant presque avons rejoint la voiture. Alors que j'embrayais, j'ai entendu la voix de Virgil sur la véranda, qui criait mon nom à tue-tête et courait vers nous.

— Tu as vu Mario ? il a demandé.

— Non.

— Quel sale con ! Il devait apporter la pizza.

J'ai démarré dans la rue, et conduit jusqu'à la maison de ma belle-mère. Pendant qu'Harriet et les garçons descendaient de voiture, j'ai entr'aperçu Hilda Dietrich qui nous observait derrière le rideau de la porte d'entrée ; dès que je suis reparti, elle est sortie les accueillir à bras ouverts.

La fin de mon existence à San Elmo approchait à grands pas. Après l'enterrement je partirais pour ne plus jamais revenir, car sans mon père cette ville se vaporisait en un désert semblable à tant d'autres. Je savais ce qu'il me restait à faire : convaincre ma mère de partir pour venir s'installer sous mon toit tandis que Stella et mes frères continueraient de mener leur existence.

Il y avait une seule chose à régler.

Comme Paul, qui avait connu son instant de vérité devant Damas, Henry Molise aussi avait eu droit à son fragment d'extase, vingt-cinq ans plus tôt, dans la bibliothèque publique de San Elmo. Je me suis garé devant ce gracieux bâtiment, j'ai gravi les marches de grès rouge que mon père avait posées de ses propres mains, je suis entré dans la salle, me suis engagé dans une allée de livres jusqu'au lieu familier dans un angle, près de la fenêtre, à côté du taille-crayon, sous le portrait de Mark Twain, et j'ai sorti des rayons l'exemplaire relié en cuir des *Frères Karamazov*. Je l'ai tenu entre mes mains, je l'ai feuilleté, je l'ai serré dans mes bras, ma vie, ma joie, mon sublime Dostoïevski. Mes actes l'avaient peut-être trahi, mais jamais la dévotion ne m'avait quitté. Mon père bien-aimé était mort, mais Fiodor Mikhaïlovitch m'accompagnerait jusqu'à la fin de mes jours.

30

Je croyais que toute la ville assisterait à l'enterrement de mon père, mais je me trompais. Il y avait eu davantage de gens lors de la veillée funèbre l'après-midi de la veille, qu'aujourd'hui pour le service religieux. La plupart étaient des membres de la famille, et j'ai remarqué beaucoup de petits enfants qui s'ennuyaient ferme, d'autant qu'il y avait un cirque sur le champ de foire de la ville, si bien que tous ces gosses regrettaient que leur grand-père eût choisi un aussi mauvais jour pour mourir. Les autres personnes rassemblées dans l'église étaient des amis ou des voisins de ma mère ; il y avait aussi le groupe des fidèles du *Café Roma.*

Les porteurs du cercueil, en habit du dimanche, attendaient sombrement sous le grand orme par cet après-midi brûlant et sans joie. C'étaient Zarlingo, Cavallaro, Antrilli, Mascarini, Benedetti et Rocco Mangone. Ils étaient beaux comme des vieilles pierres à flanc de colline. Quand je les ai regardés, la douleur, semblable à une truite qui bondit, m'a noué la gorge. Maintenant que je n'avais plus de père, j'aurais volontiers choisi n'importe lequel d'entre eux pour le remplacer. Voire même n'importe qui ou quoi, un buisson, un arbre, une pierre, pourvu qu'il ou elle veuille bien de moi comme fils. J'étais moi-même père. Je ne voulais pas de ce rôle. Je voulais retrouver l'époque où j'avais été tout petit, où mon père, ce colosse bruyant, avait occupé la maison. Au diable la paternité. Je n'étais pas fait pour ça. J'étais fait pour être fils.

Les porteurs ont retiré leur chapeau quand Harriet et moi sommes entrés dans l'église. Je leur ai adressé un signe. Je voulais leur crier : — Je vous aime, j'ai besoin de vous, prenez soin de moi. espèces de vieux excentriques !

La famille était réunie dans les deux premiers bancs devant le maître-autel, ma mère sur le premier entre Virgil et Stella, accompagnés de leurs familles respectives. Maman portait un voile noir qui lui couvrait les cheveux et le visage. Harriet, nos fils et moi nous sommes glissés derrière eux, à côté de Peggy et de ses mômes. J'ai tout de suite remarqué qu'il manquait quelqu'un. Je me suis tourné vers Peggy.

— Où est Mario ?

— En état de choc. Je lui ai dit de rester à la maison.

Virgil nous a regardés par-dessus l'épaule en ricanant.

— Avec les Giants et Atlanta qui jouent un match de barrage à la télé ? Très drôle, Peggy, vraiment très drôle !

— C'est vrai ! a sifflé Peggy en chuchotant assez fort pour que tout le monde l'entende. Il a pleuré toutes les larmes de son corps. Il aimait vraiment son père. Mais vous êtes tous contre lui. Vous l'avez démoli. Pourquoi vous êtes-vous ligués contre lui ? Pourquoi ne lui avez-vous pas fait un peu confiance ? Vous allez voir ce que vous allez voir. Vous vous en mordrez les doigts, tous autant que vous êtes.

— Tu ferais mieux de prier, ma chérie, s'est moqué Virgil.

— Espèce de rond de cuir à la con ! a tonné Peggy. Tu mériterais même pas de cirer les chaussures de Mario !

— Répète un peu !

— Quand tu voudras, pauvre con.

— Chut ! a fait maman sous son voile noir. Je vous en prie. Papa est mort.

Le corbillard est arrivé, les porteurs sont entrés dans la nef avec le cercueil pour le poser devant l'autel. Nous avons tous regardé les employés des pompes funèbres apporter les couronnes et les bouquets de fleurs, puis les disposer autour du cercueil. Qu'il paraissait petit, ce cercueil. Mon père avait été fort comme un bœuf, mais de taille modeste. Enfermé dans cette boîte, il ne semblait pas plus grand qu'un garçon.

Alors est apparue une énorme couronne mortuaire, roses, œillets et fougères, si grosse que deux employés parvenaient à peine à la porter. Ils l'ont placée au pied du cercueil, sur des supports en fil de fer. Une bande de soie blanche l'entourait, sur laquelle il y avait une inscription rouge :

AVEC LES COMPLIMENTS
DU CAFÉ ROMA

Les porteurs ont contemplé leur dernier hommage avec plaisir et satisfaction. Il n'y avait aucun doute : la fraternité du *Café Roma* s'était montrée à la hauteur de l'événement. Ma mère bien-aimée a été si impressionnée qu'elle s'est retournée, a levé son voile puis hoché la tête pour signifier son approbation. Les gars du *Café Roma* lui ont adressé un sourire de sympathie.

Une cloche a tinté, le père Martin est sorti de la sacristie derrière deux enfants de chœur. En bas de la soutane des adolescents, on apercevait les bandes vertes et blanches de leurs chaussettes de base-ball, et je me suis dit que les autres membres de leur équipe les attendaient en ville.

Le père Martin s'est approché du cercueil, l'a éclaboussé d'un peu d'eau bénite, puis il a lu le rituel en latin dans un missel. Le refermant, il a joint les mains et tenté de se concentrer pendant que l'assemblée des fidèles attendait son homélie. Ce ne devait pas être facile pour lui, car le défunt avait rarement fréquenté l'église, sans jamais accomplir la moindre de ses obligations catholiques.

— Prions pour l'âme de Nicholas Molise, il a commencé. Un homme droit et simple, un homme honnête, un excellent artisan qui a passé tant d'années parmi nous et fait de son mieux pour améliorer la communauté humaine. Au lieu de pleurer, réjouissons-nous, car il vient de voir la fin de ses épreuves terrestres, et il est maintenant en paix entre les bras de son Père céleste.

Et voilà. Ç'avait été bref et bon, rondement mené. Les fidèles ont récité un « Notre Père » avec le prêtre, et il a conclu sur ces mots : « O Seigneur, accorde-lui le repos éternel, et que toujours il baigne dans Ta lumière. »

Le padre est rentré dans la sacristie tandis que les croquemorts ouvraient le cercueil et que ma mère guidait sa famille devant le corps. Elle a entrelacé son rosaire blanc autour des doigts raides du défunt. Virgil l'a emmenée à l'écart tandis qu'elle pleurait doucement. Un par un nous sommes passés devant la bière pour regarder papa, les enfants stupéfaits, horrifiés, fascinés, les autres pleurant en silence.

Je n'ai pas pleuré. J'ai ressenti de la rage, du

dégoût. Bon Dieu, qu'avaient-ils donc fait à ce malheureux vieillard ! Quel traitement avaient-ils infligé au magnifique visage des Abruzzes, aux rides de labeur et de souffrance, à la bouche inflexible, aux sourcils rusés, aux profonds sillons du triomphe et de la défaite ! Tout cela avait disparu, remplacé par ce visage lisse, inhumain, rembourré de coton, ces joues fardées. C'était une honte, une obscénité qui a fait surgir en moi la malice, la méchanceté de l'écrivain, et j'ai pensé : ce n'est pas mon père, ce n'est pas le vieux Nick, c'est Groucho Marx ; et plus tôt nous l'enterrerons, mieux cela vaudra.

31

Les voitures du cortège funèbre ont suivi le corbillard à travers la ville jusqu'au cimetière distant d'un mile, situé derrière le gymnase du lycée. Nous avions une escorte de la police : un flic à moto qui nous devançait à travers la petite ville déserte, car tous ses habitants étaient au cirque. Sur le pont qui menait à Pacific Street, la circulation se réduisait au cortège funèbre. Ma voiture suivait le corbillard, maman y était assise entre Virgil et moi.

— Vous ne trouvez pas que papa avait une allure du feu de Dieu ? a lancé Virgil. C'est fou ce qu'ils arrivent à faire maintenant.

— Il semblait heureux, a rétorqué maman. Il était comme ça autrefois, il riait et blaguait sans arrêt.

Aujourd'hui, c'était papa qui pâtissait d'une sinistre blague, mais j'ai retenu ma langue.

A chaque carrefour le flic immobilisait sa Harley, levait le bras, regardait à gauche puis à droite, lançait un coup de sifflet, et faisait signe au corbillard d'avancer. Il y avait douze rues jusqu'au cimetière, et il a arrêté le convoi aux douze carrefours. Ma mère observait le manège du flic ; très impressionnée, elle avait relevé son voile ; cette escorte accordait de l'importance à son mari, comme s'il avait été un personnage marquant de la ville.

Nous avons lentement franchi le portail du cimetière, puis roulé devant les nouvelles concessions vers les anciennes, la différence étant qu'il n'y avait pas de pierres tombales surchargées ni de grands arbres dans le nouveau cimetière, alors que l'ancien était un ténébreux pays de conte de fées peuplé de grotesques personnages en marbre ombragés par d'énormes chênes et des sycomores aux frondaisons luxuriantes qui dominaient une herbe humide, très verte et jamais coupée, prête à engloutir les vieilles tombes qui semblaient y sombrer. Entre les arbres nous avons aperçu le père Martin debout devant une fosse ; il attendait, livre de prières en main.

J'ai aidé ma mère à descendre de voiture ; elle a étouffé un sanglot en se dirigeant vers le prêtre. Quand j'ai fait mine de la suivre, Virgil m'a pris le bras.

— Maintenant faut ouvrir l'œil, il m'a averti. Faut encadrer maman. Elle est capable d'une folie.

— Quelle folie ?

— Sauter sur le cercueil.

C'était possible, mais ça n'a pas eu lieu. Virgil et moi l'avons tenue par le coude pendant les derniers rites ; elle vacillait en regardant le cercueil descendre dans un grand grincement de poulies, mais son visage n'exprimait aucune douleur. Ensuite, le père Martin l'a rejointe pour lui saisir les mains, elle a levé les yeux vers lui et s'est mise à pleurer. Il s'est penché pour l'embrasser sur le front et ça a fait pleurer tout le monde, adultes et enfants réunis ; les gens se détournaient pour essayer de cacher leur désespoir tandis qu'ils regagnaient leurs voitures.

Harriet m'a rejoint, puis nous avons accompagné maman parmi les sycomores. Alors, venant de loin, nous l'avons entendue : une voix mécanique, électronique, qui vibrait au-dessus de la terre et dans les arbres comme pour en faire trembler jusqu'à la moindre feuille, un cri de guerre qui s'amplifiait. Nous nous sommes figés pour écouter. C'était une voix radiophonique, tendue, hystérique, celle d'un journaliste sportif qui de ses vibrations étrangères profanait l'enceinte sacrée.

— C'est la fin de la neuvième phase ! braillait la voix. Bonds est à la deuxième base, Rader à la troisième, Kingman à la batte. Il reste encore deux balles à frapper. Capra se prépare, s'arc-boute, lance ! Mon Dieu, quelle balle !

La camionnette déglinguée de Mario brinquebalait entre les arbres, écrous et boulons cliquetaient et tintinnabulaient, la voix devenait de plus en plus stridente à mesure qu'elle se rapprochait. La joie a illuminé le visage de ma mère.

— C'est Mario ! elle a exulté. Oh, Mario ! Il est venu, finalement. Je le savais. Je savais qu'il viendrait ! Oh, merci mon Dieu !

La camionnette a dérapé dans le dernier virage, puis s'est arrêtée devant nous dans une grande gerbe de gravillon. Les vociférations de la radio semblaient se moquer du silence paisible des morts, railler avec grossièreté leur sommeil éternel.

Kingman avait raté son coup. Les Giants avaient perdu. Quelques instants Mario resta le front appuyé contre le haut du volant. Puis il éteignit la radio, revint à la réalité, nous regarda.

— C'est déjà fini ?

— Non, Mario, a dit maman. Tu as encore le temps. Dépêche-toi, avant qu'ils ne le recouvrent.

Il a sauté de sa camionnette et s'est dirigé d'un pas vif vers la tombe que deux hommes s'apprêtaient à combler avec des pelles. Nous l'avons regardé baisser les yeux vers le cercueil, se prendre le visage entre les mains alors que les larmes commençaient de couler Puis nous avons rejoint la voiture.

Ma mère est montée entre Harriet et moi. Elle a retiré son voile, puis penché la tête en arrière avec un soupir. Son visage était beau, la paix rayonnait dans son regard. Elle m'a pris la main.

— Je suis si heureuse, elle a dit.

— Il est mort très vite, j'ai répondu. Sans souffrir.

Elle a soupiré.

— Il m'a causé tellement de soucis, depuis le jour de notre mariage jusqu'à celui de sa mort. Je ne savais jamais où il était, ce qu'il faisait, ni avec qui il était. Il ne me confiait jamais rien. Tous les soirs je me demandais s'il allait rentrer à la maison. Maintenant c'est fini. Je n'ai plus à me faire de soucis. Je sais où il est, et je sais qu'il va bien.

Elle a poussé un petit gémissement.

— Oh, Seigneur. Les choses que je trouvais dans ses poches !

J'ai fait démarrer la voiture.

— Rentrons à la maison.

— J'ai acheté un gigot d'agneau, elle a dit. Nous allons faire un bon dîner. En famille. Avec des pommes de terre nouvelles.

Postface

par Brice Matthieussent

LE SPEAKER

« ... le centre du soi est cette *voix* secrète, obsédante, souvent triviale, presque ininterrompue – cette voix qui prouve le plus sûrement que nous sommes en vie ; une des fonctions fondamentales du langage est de permettre cette communication avec le soi ; en fait, sans quelqu'un qui parle, quelqu'un qui écoute, et une troisième entité qui prête l'oreille à cette conversation, le soi ne saurait exister. »

William GASS, *Habitations of the Word.*

C'est donc sur la mort du père et son enterrement que s'achèvent *les Compagnons de la grappe* et, du même coup, la publication des œuvres de John Fante. Une mort d'autant plus émouvante que John Fante aussi est mort du diabète, en 1983. Henry Molise, narrateur et double de l'auteur, avait donc raison de s'inquiéter du caractère héréditaire de cette maladie... Et l'on ne peut s'empêcher de penser que c'est sa propre mort que Fante met ici en scène à l'avance.

La publication des œuvres de Fante en France ne

respecte peut-être pas la chronologie de leur édition américaine — le présent roman, publié en 1977 aux Etats-Unis, se situe entre *Pleins de Vie* (1952) et *Rêves de Bunker Hill* (1982) —, mais cette mort du père, qui annonce celle de l'écrivain, clôt l'entreprise sur un symbole douloureux mais pertinent. Car jamais Fante, dans sa production littéraire, n'évoque une période de sa vie postérieure à la mort de son père. Comme si, une fois le père mort, l'écriture n'avait plus de raison d'être. Comme si, sans l'ancrage paternel, la fiction s'en allait à vau-l'eau. L'écrivain Henry Molise a beau essayer de remplacer son père défunt par la figure de Dostoïevski, il semble que celui-ci ne parvienne pas à combler le vide : nous assistons, avec ce roman, à la dernière apparition d'Henry Molise, qui disparaît en même temps que son père Nick.

Les lecteurs de Fante le savent bien : le narrateur de presque tous les romans a maille à partir avec son père — Arturo Bandini s'affronte à Svevo, Henry Molise à Nick. Svevo ou Nick, on l'aime et on le hait, de même qu'on adore et qu'on exècre l'Italie qu'il incarne. Point focal de presque toutes les passions, sa mort laisse désemparé, déboussolé, comme si un pôle de l'existence, de la fiction, venait de s'en aller. De fait, le lieu imaginaire de la plupart des romans de John Fante est une sorte de *no man's land* invivable, mais parfaitement repérable : le narrateur alter ego de l'auteur vit et souffre *à l'ouest de Rome,* entre une Italie inaccessible, remodelée par l'exil, les fantasmagories paternelles, la nostalgie, et une Amérique tout aussi étrangère qui le refuse. Un lieu insupportable donc (mais la mort du père anéantit l'un des pôles), une position intenable, un écartèle ment entre un paradis perdu et l'enfer des Dietrich, Eicheldorn, Schmid et autres Kisberg, tous ces sangs bleus protestants et anglo-saxons pour qui un fils d'immigré italien n'a pas droit à la parole. Ce désert où se débat le narrateur comporte donc deux mirages diamétralement opposés, deux horizons mythiques qui ne peuvent que s'éloigner à mesure qu'on croit progresser vers eux (c'est le propre de l'horizon *et* du mythe). Intégration ou marginalisation, air connu...

Dans ce *no man's land* où l'on s'escrime à rejoindre l'un ou l'autre horizon, ce nulle part de l'exil, la voix du narrateur fait irruption. « Je me suis dit que... », « J'ai pensé que... », « J'ai songé que... » — ces amorces de phrases pullulent chez Fante ; elles signalent qu'on vient de tourner un bouton pour écouter radio-Bandini, radio-Molise, l'émission en direct de la conscience du narrateur, sa *voix intime,* celle qui selon William Gass, cité plus haut, constitue le « centre du soi ».

Cette voix secrète, têtue, obsédante, nous habite en permanence ; c'est un discours que, souvent à notre insu, nous nous tenons à nous-mêmes ; cette voix qui nous bruite et sans laquelle nous serions muets, ou plutôt ces voix qui se succèdent en nous comme autant de stations de radio, Fante s'en fait le porte-parole, l'intermédiaire, tout à la fois *speaker* et greffier, *go-between,* en les couchant sur le papier.

L'*orant* — étymologiquement, celui qui parle — est un personnage qui prie à genoux (et Dieu sait que la prière, ce n'est pas rien chez Fante...). Parler, c'est donc avant tout prier ; et la voix s'adresse en priorité à Dieu. Le gisant, à l'inverse, est un personnage couché, non pas sur le papier mais dans la pierre. L'orant serait donc au gisant ce que la parole est à l'écriture, l'éphémère au permanent, le mouvement à l'immobilité, la vie à la *rigor mortis.* A croire que Fante l'écrivain, Fante le gisant, le greffier, ne cesse de prêter une oreille ô combien attentive à Fante l'orant, au *speaker*...

Ce qui est remarquable chez Fante, ce qui nous touche au vif, au plus intime, ce qui lui confère ce « naturel » évidemment illusoire, c'est son talent pour capter et mettre en scène ces diverses voix secrètes dans la plénitude de leur registre émotionnel. Ces voix silencieuses, qui ne s'adressent pas à un autre personnage mais au seul lecteur, sont la revanche de Fante contre un establishment américain qui, à défaut de l'interdire de séjour, l'interdit de parole. Les narrateurs Arturo Bandini ou Henry Molise jouent ces voix; à des degrés divers ils s'écoutent se parler à eux-mêmes, mais en même temps ils sont agis par elles, ils n'existeraient pas sans elles. Certes on mime — la colère, la haine, le dégoût, l'amour —, mais on est parfois débordé par ce jeu, la proie du délire de l'improvisation dans le meilleur style de la *commedia dell'arte*. Quelqu'un parle en moi, quelqu'un écoute en moi, et une troisième entité prête l'oreille à cette conversation...

Les romans de Fante constituent un véritable inventaire, un répertoire de certains modes du discours tels qu'ils furent pratiqués par les rhéteurs latins; mais ce répertoire est aussi à prendre au sens théâtral : chaque narrateur se joue à lui-même la comédie ou la tragédie de ce discours.

Face au babil incohérent de la mère, face aux ordres secs comme un coup de trique du père, le narrateur s'invente toute une série de lieux, de rôles et de textes qui modèlent la voix secrète du monologue intérieur

Pour Arturo Bandini, le lieu imaginaire privilégié est sans aucun doute l'église, avec toutes les fonctions et tous les discours qui s'y rattachent. Nous avons déjà dit que la prière, l'invocation, est sans doute un des thèmes centraux de Fante l'*orant*. Il n'est pas jusqu'aux femmes qu'il se vante de séduire par ses suppliques et ses larmes — voir, ici même, scs manœuvres auprès de l'infi mière Quinlan.

Le discours de la culpabilité, du péché, fait également partie intégrante de la voix intime du narrateur ; celui-ci bat sa coulpe, ou feint de la battre, pour obtenir le pardon, l'absolution d'une tierce personne en un simulacre de confession.

Curieusement, Bandini, qui a si souvent servi la messe en qualité d'enfant de chœur, d'abord n'en est bien sûr pas un, mais surtout ne s'identifie jamais à ce rôle en dehors de l'église... Pas plus que la voix du prêtre ne l'habite.

En revanche, le narrateur de *l'Orgie* se découvre une véritable vocation d'exorciste face aux « diableries » de son père :

« Alors j'ai trouvé la bouteille que ma mère avait placée dans la boîte, enveloppée dans un tissu, une pinte d'eau bénite. Elle avait écrit ces mots sur l'étiquette : *Eau bénite. A utiliser en cas de besoin.* Maintenant je le savais, maintenant j'allais le faire. Je suis remonté là-haut en courant, avec la bouteille d'eau bénite, un idiot muni d'eau bénite, je le savais, je savais que j'étais idiot, mais je m'en moquais.

Je devais les avertir de mon arrivée. Je devais au moins les prévenir, ils avaient droit à ça.

J'ai gueulé : “ Eau bénite ! ”

Je courais en braillant : “ Eau bénite ! ”

“ L'eau bénite arrive ! ” »

La supplique, l'invocation, l'exorcisme, mais aussi l'éloge funèbre : ainsi, dans *la Route de Los Angeles*, le discours d'adieu que le narrateur adolescent tient à ses femmes de papier glacé qu'il déchire à mesure au-dessus de l'eau de sa baignoire :

« Voilà comment, une à une, je les ai ramassées, je me suis souvenu d'elles, je leur ai fait mes adieux en les embrassant, et je les ai déchirées. Certaines, qui refusaient d'être détruites, me suppliaient d'une voix pitoyable dans les profondeurs brumeuses des vastes espaces où nous nous étions aimés parmi l'étrange clair-obscur des rêves éveillés, et les échos de leurs prières se perdaient dans la pénombre où trônait Arturo Bandini, confortablement installé dans l'eau tiède de son bain pour savourer l'adieu à des êtres qui lui avaient été chers, malgré leur manque d'existence charnelle. »

Et le narrateur conclut ainsi son oraison :

« Adieu. Adieu pour toujours. Quiconque, homme ou femme, ridiculise Arturo Bandini, connaîtra une fin prématurée. J'ai parlé. Amen. »

Une nouvelle du *Vin de la jeunesse,* intitulée *la Colère de Dieu,* prouve enfin à quel point la prière imprègne le subconscient du narrateur, constitue l'un des piliers de sa voix intime. Jimmy et Claudia, qui se targuent d'être athées, vivent en concubinage à Los Angeles. Qu'un tremblement de terre arrive, et voilà Claudia qui implore Dieu et Jimmy qui se surprend à prononcer une prière qu'il croyait avoir oubliée depuis quinze ans. Chassez la religion, elle revient au galop ; la prière oubliée remonte aux lèvres, la voix retrouve sa vocation première : implorer Dieu.

Autre lieu privilégié où la voix intime s'exprime « en son âme et conscience » : le tribunal. Plaidoyers *pro domo* et arguments *ad hominem* abondent dans les fictions de Fante. Dans le présent roman, Henry Molise s'en prend à son père, responsable de tous ses maux :

« Il était hors de question de répondre à ce Rital de mes deux, à ce gominé péteux originaire des

Abruzzes, à ce maudit cul-terreux, ce bouffeur de merde à vingt sous de l'heure, cette raclure immonde. Que savait-il au juste ? Quels *livres* avait-il lus ? »

Le décor du prétoire permet d'activer la grande machinerie judiciaire, ses acteurs et ses discours : la défense et illustration, le réquisitoire, la prise à témoin, l'apostrophe, voire l'injure. Henry Molise a été élevé à bonne école : il explique que « Mon père était juge, jury et bourreau, Jéhovah incarné ». On le voit, la justice a partie liée avec la religion, surtout lorsqu'il s'agit d'instruire le procès du père, tâche à laquelle les narrateurs de Fante s'emploient avec une énergie inépuisable et une farouche volonté d'eux-mêmes se dédouaner... Car c'est surtout leur propre cause que plaident les héros de Fante, afin de faire endosser la faute à autrui.

Troisième scène du théâtre intime, autre décor fantasmatique : le forum populaire. Après la religion et le pouvoir judiciaire, la politique. Le narrateur se fait orateur, rhéteur, voire tribun. Ici encore, on pourrait établir toute une typologie de ces monologues solitaires où Bandini et Molise (surtout Bandini) s'adressent à une foule d'auditeurs imaginaires.

Du panégyrique du Bras gauche, celui du base-ball, dans *1933...*, à l'éloge de l'aimée dans de nombreux textes, on peut dire que le public est toujours implicite, même si le héros est dans une solitude noire. Quelqu'un écoute en permanence — oreille divine, chœur antique — cette conversation intime entre soi et soi : *il faut donc tenir son rôle,* connaître son texte et convaincre son public, comme un orateur sachant jouer de sa voix, changer de timbre au moment crucial, alterner *sotto voce* et *forte,* tout cela pour convaincre — soi-même et le lecteur.

Voyez la parodie féroce des discours du *Duce* dans *la Route de Los Angeles* (écrit entre 1933 et 1936) : Bandini, tribun de pacotille, harangue une foule de crabes, il exhorte, vitupère, stigmatise, gesticule, apostrophe, injurie, passe en cour martiale, finit par massacrer. On croirait voir une bande d'actualités de l'époque... Ecoutez, dans le même livre, les imprécations délirantes qu'il lance à un thon de cinquante kilos, mort de surcroît, sommé d'épeler correctement le mot allemand *Weltanschauung.*

Il est sans doute difficile de trouver un héros de roman plus seul que le Bandini de *la Route de Los Angeles.* Pourtant, ce Bandini-là ne cesse de se parler ; comme Flaubert écrivant *Salammbô,* il pourrait clamer : « Je suis présentement accablé de fatigue, je porte sur les épaules deux armées entières : trente mille hommes d'un côté, onze mille de l'autre, sans compter les éléphants avec leurs éléphantarques, les goujats et les bagages » (lettre à Amélie Bosquet, juillet 1860).

Complètement seul mais traversé par les discours de l'Histoire, Bandini est le tribun et son armée, l'orateur et son public, une cacophonie de voix qui le vouent justement à la solitude.

Dernier bruitage de la conscience : le quatrième pouvoir, les médias. Etrangement la radio n'apparaît qu'en rapport avec Mario Molise, frère du narrateur, frustré du base-ball et fanatique des retransmissions sportives — de fait, Mario se met à parler comme un journaliste sportif.

Sur cette scène médiatique imaginaire, c'est le journal qui l'emporte de loin. Plus précisément, la chronique nécrologique. L'apprenti écrivain qu'est le narrateur s'imagine souvent mort après avoir produit un certain nombre de chefs-d'œuvre inoubliables à ranger dans la bibliothèque à côté des plus grands romans, éventuellement lauréat du prix Nobel, et couvert d'éloges par un journaliste littéraire désespéré…

Il y a donc primat de l'écrit journalistique — la « nécro » — sur l'oral radiophonique dans le « cinéma » que se fait le héros de Fante. Il faut sans doute rapprocher cela du fait que, comme dans tant de romans modernes, le héros veut devenir ou est écrivain.

La religion, la famille, les femmes, l'ambition, le désir de connaître la gloire en tant qu'écrivain — tous les grands thèmes des livres de John Fante sont donc pour ainsi dire redoublés, mis en abîme par le théâtre des diverses voix intimes du héros. Décors hauts en couleur, répertoire varié, acteurs prestigieux (jusqu'à Dostoïevski dans le roman qui précède…) ; ça crie et ça geint ; ça grince et ça s'exalte ; ça murmure, ça roucoule et ça pleure ; presque tout le temps ça parle, mais parfois ça s'interrompt. Alors le chœur des voix fait silence, tout se tait, et l'on n'entend plus que le bruit du sang qui bat dans les veines. Ces moments privilégiés sont liés à des activités bien précises. L'acte sexuel par exemple accomplit ce silence. Mais aussi l'effort physique : ainsi la construction du fumoir dans le présent roman ; il s'agit d'un labeur qui tue, dit Fante. Henry et Nick Molise meurent d'épuisement ; mais ce que la fatigue tue, c'est avant tout la voix intérieure.

Autre activité qui réduit le *speaker* au mutisme : le sport. Assez subtilement, ce silence obtenu par l'effort sportif est un leitmotiv de la voix intime du héros Bandini · le stade imaginaire où le héros accomplit ses prouesses n'est bruité que par les ovations du public en délire qui salue l'exploit du champion silencieux.

Enfin, mais John Fante n'évoque jamais cela dans ses livres, l'écriture même est peut-être le lieu d'un tel silence : pour écrire toutes ces voix, sans doute faut-il d'abord les faire taire. Maurice Blanchot note dans *le Livre à venir* :

« Un écrivain est celui qui impose silence à cette parole, et une œuvre littéraire est, pour celui qui sait y pénétrer, un riche séjour de silence, une défense ferme et une haute muraille contre cette immensité parlante qui s'adresse à nous en nous détournant de nous. »

Le miracle est que John Fante ait réussi à se faire le porte-parole de toutes ces voix secrètes qui le hantaient, à les *écrire* pour les faire porter jusqu'à nous.

Brice MATTHIEUSSENT, 1988.

MIXTE
Papier issu de sources responsables
FSC® C003309

10/18, une marque d'Univers Poche,
est un éditeur qui s'engage pour
la préservation de son environnement
et qui utilise du papier fabriqué à partir
de bois provenant de forêts gérées
de manière responsable.

Cet ouvrage a été imprimé en France par

CPI
BUSSIÈRE

à Saint-Amand-Montrond (Cher)
en octobre 2013

Dépôt légal : juin 1990.
N° d'édition : 2002. — N° d'impression : 2005524.
Nouveau tirage : octobre 2013.
X03452/03